公元787年，唐封疆大吏马总集诸子精华，编著成《意林》一书6卷，流传至今
意林：始于公元787年，距今1200余年

意林®

一则故事　改变一生

《意林·少年版》编辑部

中国科幻星云奖作家书系

梦印机

董仁威○主编

彭绪洛○著

PUBLISHING & MEDIA
中南出版传媒

湖南少年儿童出版社 · 长沙
HUNAN JUVENILE & CHILDREN'S PUBLISHING HOUSE

图书在版编目（CIP）数据

梦印机 / 董仁威主编；彭绪洛著. — 长沙：湖南
少年儿童出版社，2023.5（2024.4重印）
（中国科幻星云奖作家书系）
ISBN 978-7-5562-6478-0

Ⅰ. ①梦… Ⅱ. ①董… ②彭… Ⅲ. ①幻想小说—小
说集—中国—当代 Ⅳ. ①I247.7

中国版本图书馆CIP数据核字(2022)第084508号

中国科幻星云奖作家书系·梦印机

ZHONGGUO KEHUAN XINGYUNJIANG ZUOJIA SHUXI · MENGYINJI

总 策 划：盛　铭　宋春华　　　　统筹编辑：刘　双
出 品 人：杜普洲　　　　　　　　执行编辑：刘　双
丛书策划：宋春华　聂　欣　张朝伟　　封面绘图：海哥插画
责任编辑：向艳艳　雷雨晴　方　妤　　封面设计：马骁尧
质量总监：阳　梅　　　　　　　　美术编辑：坛爱萍
发行总监：王俊杰

出 版 人：刘星保
出版发行：湖南少年儿童出版社
社址：湖南省长沙市晚报大道89号　　　邮编：410016
电话：0731-82196320（综合管理部）
常年法律顾问：湖南崇民律师事务所　　柳成柱律师

印刷：嘉业印刷（天津）有限公司
印张：12
开本：700 mm×1000 mm　1/16
字数：120千字
版次：2023年5月第1版
印次：2024年4月第2次印刷
书号：ISBN 978-7-5562-6478-0
定价：28.80元

版权所有　翻印必究
（如发现印装质量问题，请与承印厂联系退换）

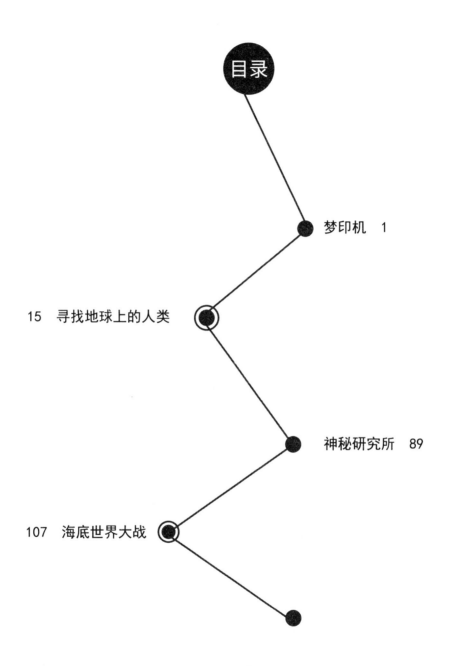

目录

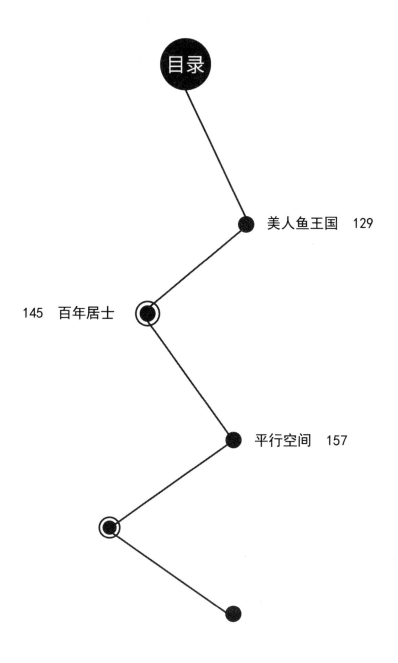

梦印机

第二天早上起床，我果然在打印机前面发现了几张打印出来的纸，上面有图像和文字，就像我小时候看的连环画一样，虽然有些天马行空，但非常有意思。

伟大的发明

我是一名作家，靠写故事生活，所以奇思妙想对我来说至关重要。我写的故事中，那些惊险的、传奇的情节，除了来源于我的想象、真实的探险体验和人生经历以及听来的以外，更多的源自我的梦境。

我专门在枕头下面放了笔和纸。每次从梦中醒来后，我都会第一时间将梦中的内容记录下来，以便作为我创作的素材。说不定哪天它们就能用上呢！

可是很多时候，我醒来后就想不起自己梦到过什么。相信大家也有过这种经历。

我把这个苦恼告诉了我的一位朋友，他叫柯文。你可别多想，他不是大侦探柯南的兄弟，而是一名专门研究机器人大脑的科学家。他所在的科研所主要研制高仿机器人，最高理想是研制出让人分不清是人还是机器的机器人。科研所里有专门研究机器人走路平衡问题的部门，有专门研究机器人反应能力的部门，还有专门研究机器人自我控制和自我修复的部门。

柯文听完我的苦恼后，思索了一会儿说："我可以想想办法，说不定能帮上你。"

对此，我半信半疑，但还是对他表示了感谢。

半个月后，柯文打电话叫我去他家里，说是有好消息要告诉我。

我立即驱车前往。

简单交流之后，柯文给了我一个小小的布袋，并告诉我里面是专门为我研发的产品，虽然还只是个实验品，但他让我拿回去试试。

柯文告诉我，这是一个感应器，晚上睡觉时把它放在枕头里，再把一个接收器插在电脑上，然后启动程序，通过家里的无线网，就可以把它们联结起来。

科学小笔记

机器人大脑

　　机器人大脑是一个大型运算系统，可帮助机器人识别各种信息，理解人类的语言和行为。目前，图灵机器人具有中文语境下智能度最高的机器人大脑，对中文语义的理解准确率达90%以上。

梦印机

在柯文的解说下，我明白了这个产品的工作原理：当我晚上睡着后，心跳变慢，血压稳定，呼吸也减缓时，感应器会感应到我已经进入睡眠状态，这时它会自动激活，开始捕捉我大脑的思维和信息，并将其传送到与电脑相连的接收器上，然后通过程序的转化和处理，将它们在打印机上打印出来。

我听着感觉有点儿像天方夜谭，不敢相信这个小小的东西有如此奇妙的功能。但我还是把它拿回家，按照柯文的操作解说，进行尝试。

第二天早上起床，我果然在打印机前面发现了几张打印出来的纸，上面有图像和文字，就像我小时候看的连环画一样，虽然有些天马行空，但非常有意思。

我仔细看了起来，再慢慢回忆，发现打印出来的内容果真是我昨晚梦见的事情！很多我已经想不起来的梦境，都在纸上被清晰地记录下来。

当然，纸上的记录也有一些不清楚的地方。我把这个问题告诉柯文。

柯文说："出现这种情况，可能是因为感应器太小，有些时候没有和你的头接触到，因而没能捕捉到你的梦境。不过，也有可能是你的梦境本来就是断断续续的。"

听完柯文的分析，我觉得他说得很合理。我正准备向他表示感谢，他抢先说道："这样吧，你有时间的话把设备拿过来，我帮你将它完善一下。另外，我再分析一下实验数据，然后对产品进行升级。"

几天后，我按照和柯文的约定，带着设备去他家。他把接收器插上电脑，然后进行数据分析。

他在忙碌的同时，回答了我的一些疑问。

这些天，我思考了很多问题，比如这套设备会不会轻易捕捉到其他人的大脑信息。

柯文让我不要担心，说只有当感应器与脑袋保持零距离接触时，设备才会启动，并且他开发的软件系统特地规定了读取梦境的前提，那便是当人进入睡眠时。

至于感应器是如何读取人睡眠时的大脑信息，这个系统又是如何开发出来的，他拒绝回答。他说这是核心机密，不可以对外解释原理，更不能公开程序代码。

我尊重科学家的知识产权，就不再多问，毕竟这是知识分子的命根子，我非常理解和支持。

柯文在我走的时候，给了我一套升级版的设备，感应器被设计成一个枕套，感应器的感应点均匀分布在枕面上。这样一来，我就不用担心晚上翻身时，脑袋会偏离感应器了。

拿回来用了一晚后，我发现其功能果然完善了许多，打印出来的梦境比原来的更加完整和清晰。

又经过几次升级和完善，这套设备的性能更加稳定，操作也更加简便了。柯文把接收器和处理功能全部集成进了打印机中，这样一来，每天晚上的梦境不需要经过电脑程序转换，而是通过感应器捕捉和收集后，直接传输到打印机的接收器上，经过处理后便可打印出来。

我们给这套有趣的设备取了一个好听的名字——梦印机。

科学小笔记

知识产权

知识产权是一种无形的财产权，它是智力成果或知识产品，是一种无形财产或者一种没有形体的精神财富，是创造性的智力劳动所创造的劳动成果。它与房屋、汽车等有形财产一样，都受到国家法律的保护，具有价值和使用价值。

发明改变了生活

梦印机确实为我的创作提供了极大的帮助。

在与柯文多次的沟通和交流中，我无意间得知这个发明是他个人的智慧结晶，与他目前从事的机器人大脑研究项目没有关系，更不在科研所的研究计划之中。

我突发奇想，这个伟大的发明是不是可以从技术性发明转化成实用性发明，面向大众，服务更多的人呢？

我把这个想法跟柯文说了，他觉得不靠谱，反问我："你觉得这个发明会有人喜欢吗？或者说会有客户群体吗？"

我告诉柯文："虽然像我这样具有这种需求的人少，但是我们可以把它设计成娱乐创意电子产品，总会有一些好奇心很强的人，他们就是目标客户。另外，我们可以和医院合作，用于治疗失眠，帮病人读取梦境、分析梦境，医生就可以根据分析结果来为病人治疗了。"

这下，轮到柯文半信半疑了。

我写了一份商业策划书，把梦印机的特点、卖点，以及市场预期和宣传策略等都写了上去，然后通过网站发布，想寻找有兴趣的投资方来投资这个项目。

几天过去了，网上除了很多人不相信这个发明，说我是骗子，再无其他消息。

我能理解，新发明刚发布，总是会有很多人选择不相信，这就好比真理往往是掌握在少数人手里一样。

就在我不再抱任何希望，准备放弃的时候，一家创意投资公司找到了我，说对这个项目感兴趣，想找我聊聊。

他们是一家专门投资新兴发明的公司，非常有诚意地表示想买下这个发明，然后进行量产投放到市场。

他们开出了一个非常有吸引力的价格，但前提条件是要得到梦印机的源代码，也就是原始程序。

科学小笔记

源代码

源代码是用电子计算机（电脑）语言编写的程序。程序要执行时得翻译成机器指令；程序出错或执行加减功能时要在源程序上修改。

我向柯文汇报后，他毫不犹豫地拒绝了。他觉得这么做会有隐患，一旦产品设计脱离控制，后果将不堪设想。

我最初没有理解柯文的担心，但也不好多问，以为他是因为爱惜自己的发明，保护自己的知识产权才拒绝的。

后来，我和投资方多次谈判，最后双方达成协议，只给他们部分程序的源代码，而核心部分，也就是感应器是如何读取大脑信息、接收器是如何将梦境转化成图像与文字的程序，由我们制作成芯片给他们，这样他们就无法修改和破解核心的源代码了。

没过多久，梦印机被量产并投放到市场。

可它并不是娱乐产品，也不是治疗失眠的器材，而是作为一种神秘的工具面世的。令我感到诧异的是，这个产品没有经过大张旗鼓的宣传和推广，就火了！

梦印机最初上市的成品是枕头，款式各式各样，长的、短的、圆的、方的，有大人的，也有小孩的，当然颜色也是五花八门，还按价格分为不同档次，应有尽有。

枕头的包装上印着这样的宣传语：

"你想知道你的孩子睡觉时梦见了什么吗？"

"你想知道你的爱人睡觉时梦见了什么吗？"

"你想知道你的同事睡觉时梦见了什么吗？"

"你想知道你的领导睡觉时梦见了什么吗？"

……

整个社会开始流行送枕头了，父母买给孩子，下属送给领导，同行业送给竞争对手……

没过多久，投资公司推出了升级款的"梦印机"。

他们修改了产品程序中非核心的部分代码，之前的产品是当人们睡着后，心跳变慢、血压稳定、呼吸减缓时，感应器才会感应到使用者已经进入睡眠状态，从而自动激活。而现在的产品，只要使用者的脑袋靠在枕头上，梦印机就会捕捉他的大脑思维和想法，并源源不断地传输到终端打印机上。

这样一来，产品更火了！

一时间，孩子的想法被家长知道了；领导的想法也被下属知道了；就连竞争对手的一些秘密，也都被同行知道了。

这下，社会似乎乱套了！

可是，事情还没完。

没过多久，投资公司又推出了一些新产品——可以读取大脑信息的床单上市了，可以读取大脑信息的靠枕上市了，可以读取大脑信息的眼镜架上市了，可以读取大脑信息的帽子上市了……

这些商品空前火爆，供不应求。

随着越来越多的人知道和使用这些产品，人们开始害怕起来，担心自己的想法被别人知道。

于是接下来，谁也不敢收枕头、靠枕、床单、帽子、眼镜之类的礼物了。

很快，与梦印机产品配套的屏蔽感应器枕套、床单、帽子被发明出来了。

于是，梦印机的销量跌到了低谷。

然而，过了一段时间，梦印机的新产品又上市了。

这次的新产品，有了更大的升级。首先是脱离了附属品，不再需要枕头、床单、眼镜架、帽子等生活物品来伪装了，而是被制作成软软的、像棉线一样的纤维丝，可以放在枕头里、床单下，或者放在帽子里，甚至是发卡、头绳里。

梦印机生产公司还发射了专门的信号接收卫星，建立了独立的信号感应基站，这样他们可以更好地接收感应信号。

他们对打印机也进行了升级。虽然原来的接收器变成芯片装进了打印机中，这作为核心程序他们无法破解和修改，但他们在打印机里增加了一个新的系统，把接收到的大脑信息转化成图片格式，再回传到网络服务器。这样一来，用户就可以通过登录指定网站，查看自己购买的设备所接收到的信息。

一时间，梦印机又火了！听说，连国际上最厉害的特工，都用上了这款产品。与此同时，整个社会开始人心惶惶，人与人之间不再信任，而是变得相互提防，相互惧怕。

赎　罪

看着原来温馨繁荣的社会成了现在这副可怕的模样，柯文和我都有一种负罪感。

我去找柯文，把我的想法和担忧告诉他。

"再这样下去我们的生活就全完了！真没想到创意投资公司会这样开发我们的产品，把我们的初衷全改变了！这一切不是我们想看到的。"我气愤地说道。

柯文什么也没说，只是一个劲儿地叹气，不断地摇着头，表情复杂。

我问柯文："你有没有办法终止梦印机，不让这个害人的、可以偷人想法的工具继续发挥作用？"

柯文说："理论上是可以的，但是对方买了我们的发明，这会涉及诚信问题。"

"对那些不道德的人，甚至可以说是道德败坏的人，用得着讲诚信吗？再说了，和拯救整个人类社会相比，哪个更重要？"我问柯文。

柯文思考了一会儿，肯定地说道："你说得对，是时候结束这一切了！"

原来，柯文设计的程序里留有只有他自己知道，并且只有他一个人可以进去的后门。他可以通过这个"门"进入终端程序，修改梦印机的核心系统。

自此，梦印机所有的接收器再也接收不到感应器发出的信号，并且之前网络服务器接收到的数据也立即被空白信息覆盖。这样，之前的数据也全部消失了。

柯文操作完后，长长地吐了一口气。

最后，他轻松地说道："最后要消失的就是你了！创意投资公司的人发现梦印机出现故障，肯定会想尽办法找到你，

科学小笔记

电子产品

电子产品是以电能为工作基础的相关产品，主要包括手表、智能手机、电话、电视机、影碟机(VCD、 SVCD、DVD)、录像机、摄录机、收音机、收录机、组合音箱、激光唱机(CD)、电脑、游戏机、移动通信产品等。因早期产品主要以电子管为基础原件，故名电子产品。

好在你当时没有透露我的存在。你现在得藏起来，别让他们找到你！"

柯文说得对，现在应该消失的是我了。

于是，我只能放弃一切有通信功能的电子产品，购买了新的衣服和探险装备，带着一些书籍、本子和笔，进入我前些年发现的世外桃源，开始了隐居生活。

我什么时候才能出山，回归正常生活，不得而知。

我躲在哪里，只有我自己知道。

幻想照进现实

打印机作为人们办公的必备品之一，在互联网时代起着至关重要的作用。3D打印机的问世，让人类对打印机的认识又上升了一个高度。或许，在不久的将来，我们穿的衣服、吃的食物、住的房子全是打印出来的产品。那么，你认为本文中提到的"梦印机"会在将来的某一天变成现实吗？你希望你的梦境被记录下来吗？

寻找地球上的人类

我立马明白了，我们的飞船
已经从外太阳系回到了太阳
系。

飞船是如何办到的？我不得
而知。飞船已经飘浮了多久？我
也不得而知。

人类消失

1

当我醒来时，外面一片光明，似乎是太阳的光芒。我环顾四周，才知道自己身处飞船的休息舱中。我在休息舱中来回飘了几圈，发现其他队友都像冬眠了一样，没有醒来的迹象，而且我感觉不到他们的心跳和脉搏。

我使劲地摇了摇指挥长威克，他一点儿反应也没有。我又大声喊另一个队友玛丽的名字，她也纹丝不动。

我来到飞船的实验舱。实验舱位于飞船的底层，里面分了很多个区域，每个区域配置着不同的动物和植物。这样，生物链才得以平衡，人们才可以更好地研究它们的生长情况。

我最先看到的是一个蔬菜实验基地，各种青菜和各种豆类、瓜类都长势极好。接着，我看到的是一个植物园，里面的植物都正常生长着。

从地球上带来的兔子、老鼠等动物也都一切正常，只是数量已经多得吓人。这些动物穿梭在小树林中，让我有一种回到了地球的感觉。同时，这些动物和植物让我感觉到了一种久违的生机。

接着，我来到了飞船第二层的动力舱。平时，这里是机器轰鸣、噪声最大的地方，可是今天这里一片寂静，静得让我有点儿难以适应。动力舱里全是封闭的机器，我无法通过眼睛来检查动力设备是否正常，只能去驾驶舱通过操控才能知道情况。

我又来到了飞船的第三层，也就是储备舱，这里存放着所有物资。我检查了一下，发现物资储备丰富，我们之前已经使用的只是极少一部分，原本这些物资是够我们这些宇航员在太空中生活二十年甚至更长时间的。

飞船的第四层是休息舱，我就是从这个舱出来的，里面的情况我已经了解，所以我直接来到了第五层的武器舱。我检查了一下武器使用日志以及各种控制器，发现一切正常。武器目前都还没有被使用过，这就意味着我们之前一直没有遇到外敌攻击。

我最后来到了飞船的第六层，也就是顶层的驾驶舱。在这里，我发现飞船正处于自由飘浮状态，没有重力的影响，也没有动力的驱动，就这样随意地飘浮着。

　　驾驶舱所有仪表都是关机状态。我不敢轻易启动飞船，因为我完全不知道目前是什么状况。我连忙一边翻看航行日志，一边努力地回忆着出事前的经历。

2

　　我终于慢慢地想起了那天的事。

　　我们的飞船离开地球已经一年了。刚好满一年的时候，飞船就完全飞出了太阳系。

　　这时，太阳离我们越来越远，直到最后我们完全看不到它，飞船开始在黑暗的宇宙中以超光速前行。

　　之后，我们发现了一个全新的不知名的星球。就在我们探测上面有没有水和生命的时候，一股巨大的力量把我们的飞船

科学小笔记

超光速

　　目前，光速是所发现的宇宙中最快的速度。超光速是指比光在真空中传播速度还要快的速度。根据爱因斯坦的相对论，当速度越接近光速，时间流逝就会越慢，达到光速的时候时间是静止的，超越光速的速度里，时间就会发生倒流，甚至能一窥过去的历史。

吸离了原来的轨道。

　　飞船失去控制，直到最后没了动力，任由这股巨大的力量把我们带向未知的空间。

　　随后，我们宇航员也相继出现了异常，开始是头痛欲裂，慢慢有队员昏迷。我是飞船的副指挥长，也是最后一个倒下的。之后的事，我就一无所知了。

　　可是现在，那股神秘的力量消失了。似乎是飞船摆脱了那股神秘的力量，我也没有了头痛的感觉。

　　我站起来走到驾驶室的最前面，透过前景窗看到了外面刺眼的光亮，那是太阳发出来的光芒。

　　我立马明白了，我们的飞船已经从外太阳系回到了太阳系。

　　飞船是如何办到的？我不得而知。飞船已经飘浮了多久？我也不得而知。

　　我忙坐在操控椅上，开始操作那些复杂的键盘。

　　首先，我发现飞船所有的外系统仪表和设备均处于停机状态，飞船内的灯光和运行则是另一套独立的内系统，这套系统是封闭的，并且是永久性工作的。

　　我试着重新启动飞船的外系统。当我按下启动总功能键时，飞船没有出现任何反应。

　　接着，我按了第二次，还是没有任何动静。这时我的心跳有些加快，额头上也开始冒汗。

我不甘心，鼓起勇气按了第三次。没有想到这一次操控盘上的仪表全部动了起来，随后响起了动力机运行的声音。

"哇，太棒了！"我高兴得跳了起来，紧张的心情也放松下来。

一番调试之后，机器人报告说一切设备运行正常，这让我大感意外。经历了神秘力量的干扰，经历了从外太阳系回到太阳系，飞船还能正常工作，这是我完全没想到的！

将设备调试正常后，我就把驾驶飞船的任务交给了机器人。然后，我开始检查飞船的记录仪。我想通过记录仪搞清楚一些我记不起来的事情，比如我昏迷后飞船上以及飞船外究竟发生了什么。

我查看了许久，可是一无所获。记录仪里一片空白，什么也没有记录下来。

我连忙又查看了一下时间，不看不要紧，一看吓得我不由自主地站了起来。

"天哪！这……这怎么可能？一定是飞船受到了那股巨大力量的干扰出现了故障，一定是！"

我只能这样自我安慰着，因为电脑上显示的时间真的没办法让我相信，那比天方夜谭还天方夜谭，甚至可以用"诡异"二字来形容！

我努力调整着心情，让慌乱的心平静下来。

最后，我试着和地球总部联系，可是一直联系不上。我不停地呼叫和联系，甚至发出了"SOS"的求救信号，可都没有收到任何回音。我又向地球上不同区域的几个备用基地发出信号，但还是联系不上。

我顿时有一种孤立无援的感觉。

是飞船抛弃了地球，还是地球抛弃了我们？

我又来到了四层的休息舱，仔细检查了其他队友，并大声呼喊他们的名字，可他们仍然一动不动。他们是生是死我不得而知，因为他们一直处在一种似生非生、似死非死的状态，我只能让他们保持原状。

我一个人也不可能继续工作下去，更不可能再去太阳系以外寻找新的可以生存的星球，现在也联系不上总部，没法取得新的指令，我只能擅作主张，决定返航。

好在飞船有自动驾驶功能，还有机器人可以帮我分担很多事情，我一个人把飞船开回地球总部还是可以办到的。

3

一路上我无数次尝试联系基地，可是仍然一无所获。

最后，我凭着所学的航空专业知识，以及之前的一些飞行记录，加上机器人的配合，终于把飞船开回了地球大气层，通过肉眼找到了离我家乡不太远的基地。

在穿过大气层寻找基地的时候，我在空中发现了太多不可思议的事情，比如遭受污染的大气层不见了，工厂的高烟囱不见了……

现在的地球是绿色和蓝色相间的美丽星球，我从来没发现地球如此美丽。

接近基地时，我发现飞船升降场地似乎很久没有人清理和打扫，里面杂草丛生，枯枝落叶满地，导航灯和反光带一个也没有，我只能凭着经验去降落。

飞船降落后，我打开出口的舱门。走出舱门的一瞬间，我完全不敢相信眼前的景象：

基地已经没有了原来的样子，许多房屋破败不堪，窗户上的玻璃也残缺不全，原来栽种的绿化树已经是参天大树，十几层高的楼房上也爬满了藤蔓，跑道上杂草疯长，甚至有的地方已经长出了小树。微风吹过，只听见风声和树叶摇动的声音。

不远处，几架直升机完全看不出原来的颜色了。它们满身的锈痕和断掉的螺旋桨，似乎在告诉我，它们已经很久没有使用过了。

直升机的另一侧有一排像是报废了的车辆，车胎都已经瘪了，车身也锈迹斑斑，车上的玻璃早已破碎，车里的内饰也不复存在，有的车架都已经散开了……

整个基地就像是历史博物馆，向我展示着过去的辉煌时光。

我拼命地呼喊，拼命地奔跑，拼命地寻找，就是没有发现一个人，甚至没有发现一丝人类生活过的痕迹！

这是我曾经生活过的地球吗？我都有些怀疑了。

可是这个基地的位置没错啊！当年我们就是从这个"人"字形的基地出发的，我们平时也是在这里训练的。对这个基地，我再熟悉不过了。

那么，基地的工作人员都去哪里了呢？是转移了，还是消失了？寂静的基地第一次让我感到害怕。

我关好飞船的舱门，让飞船处于内系统运行和自我保护状态，并留了言。这样，万一飞船上的同伴醒过来，还有活下去的可能。

我背上大背包走出了基地，背包中有食物和水，以及我平时去户外所需的一些装备。这些装备跟随我多年了，我原计划找到适合我们人类生存的星球后，背着背包登陆去体验一下的。

没想到这些物品我带上飞船没有用上，反而是回到地球后用上了。

我开始向着我的家乡前行。

4

　　一路的荒凉让我的心里越来越紧张，实在找不到可以行走的路，我只好沿着高速公路一直向前走。

　　高速公路是目前我唯一还可以看出来是条路的地方，路上也已经长有许多大树，公路两边的栏杆有很多都已经倒下，路面也已经不再平坦，有的地方高高凸起，有的地方下陷，但也有很多地方还是原来平整的沥青路面。

　　我不敢停歇，一路拼命奔波。我发现离家乡越来越近，我的心也就越来越紧张。

　　十天后，我终于到达老家的县城。

　　这一路上，我仍然没有找到活着的人，只碰到一些野兔、野羊甚至是野猪，我都避开了它们。我还看到了各种各样的鸟和昆虫。路过一片平原时，我还看到了一望无际的野花和漫天飞舞的蝴蝶。

　　要是在平时，我一定会觉得这就是仙境，或者是世外桃源，我会驻足欣赏和享受，可是现在我一点儿心情也没有。它们都是生命，它们还活着，可为什么就是看不见人类呢？

　　我继续努力搜索着，仍然一无所获。

　　这是我曾经生活过的地球吗？这是真的地球吗？会不会是宇宙中的另一颗星球，只是它复制了地球的部分布局和地理特征？抑或是我看到的只是一个假相，这一切不是真的？

沿路我没发现多少人类生活过的痕迹，只有那些破旧的快要倒塌的楼房，以及一些已经和大树长在一起的旧自行车，还有公路上汽车的残件，以及部分完好的河堤，让我相信这就是人类曾经生活过的地方！

可是人呢？他们都去哪里了？

最后，我找到了清江河边的家。

清江还在，依然是那么碧绿，只是两岸的杂草比原来高出了几倍，可以看到鱼儿不时跃出水面，河面还有许多白鹭来回飞翔……这时候的清江更像一幅天然的油画，没有人为的痕迹，也没有裸露的河堤。我记得自己临走的时候，清江两岸建了许多五颜六色的楼盘和小区，可现在看到的全是绿色，那些已经破败的楼房早已淹没在杂草和藤蔓之中。

看到清江，我有一种找到家的感觉，更有一种回家的激动。家乡的空气和清江水雾还是原来的味道，这种味道我永远也不会忘记，闭着眼睛，只需要用鼻子，我就可以闻出这是家乡的味道。

我沿着清江，找到了位于县城郊区附近的家。

5

远远地，我就看见了我家所在的位置，那是清江河转弯的一个地方，三面临水，我还清楚地记得那个小区叫"清江山水"。在我的印象中，房子外墙是五颜六色的，小区紧挨着环形车道，江的最左边还有直升机停机坪和露天的游泳馆，那是我做梦都想回的地方。

可现在，出现在我眼前的是一些灰土色隐藏在大片的绿色中，我忙加快了脚步，最后甚至是奔跑起来。近了，近了，越来越近了。

小区的栅栏大门已经不复存在，但岗亭的轮廓还在，我穿过杂草丛和灌木丛，爬上小区一个地势较高的位置，看到小区的建筑分布还是记忆中的样子。

没错，这就是我当年居住的小区。我记得我家在清江河边第一排的最右边，那是一排叠拼别墅，是我当年亲自挑选并买下的。

我努力地回忆着。

我记得花园里种有两棵茶杯粗的银杏树，现在一看，它们可不是茶杯粗，而是已经有脸盆粗了！银杏树的顶端已经远远超过了四楼的房顶，还有树枝顶破了玻璃，伸到了房子里面。

花园已经完全没了原来的样子。树根凸起，有的墙脚已经被树根顶起。花园的铁门和周围的铁栏杆早就不见了踪影，唯有当年院门两边各栽的一棵柚子树还在，不过也已经是水桶般粗壮了，因为长年没有人管理，枝繁叶茂，上面稀稀拉拉地挂着几个柚子。

我根据柚子的大小和颜色，知道现在正是深秋。因为每年深秋，这两棵柚子树的果实就是这般大，植物的生长周期是不会骗人的。

看到如此场景，我知道家里不可能有人还活着。否则，好端端的一个家怎么会是这个样子？

我已经没有了最开始飞船降落地球时的激动，反而心情变得极为沉重。

我慢慢地拨开杂草和杂树，绕过柚子树，走过原来曾经走过无数次的花园，来到大门前。

红色的大门已经没有了原来的红色，氧化得看不清当初是什么颜色了。这可是我当初买的非常高档的一扇大门，是用指纹或者声音开锁的。

科学小笔记

指纹锁和声控锁

就目前而言，人工智能越来越发达，智能家具越来越普及，指纹锁和声控锁也已经进入千家万户。指纹锁利用的是人体指纹的独一无二性和不可复制性，具有方便、快速、精准的特点。声控锁则只有主人说出设定的暗语才能把锁打开，别人即使说出暗语也打不开。

门关着，我轻轻一拉，手柄就脱落了，门也倒下，看来早就摇摇欲坠了。

门倒下去时扬起了一阵灰尘，我也顾不上捂住鼻子和嘴巴，而是直接走到了大门左手边的书房。书房的书架基本还在，只是许多玻璃门破了。书架上面的书大部分是不完整的，我不敢轻易翻动，生怕一动它们就成一缕灰散开了。书大多被虫蛀掉了，还有的受潮后粘连在一起，无法再阅读。

唯一完好的物品，就是我当年收藏的几十块清江石，只不过上面覆盖了厚厚一层灰。我打开背包里的水瓶，喝了一口在清江河里装的水，然后喷在石头上，再用手拂去上面的灰尘。

很快，石头露出了原来的花纹和颜色，这正是我当年最喜欢的"沙漠日出""火烧赤壁""倒影""观音送子"。没错，我可以确定，这就是我当年的家。

我来到客厅，原来挂彩电和放空调的地方，已经看不到那些电器了，只见地上散落着一些像电子元件的东西，我用脚踢了一下，发出金属制品摩擦的声音。

我又到另外几个房间看了一番，都没有发现有价值的东西，只发现我当年卧室里的窗帘杆还在，可窗帘布已经不知去向，墙上挂的几幅油画也脱落在地，画面早已不复存在。

我记得我出发去外太空时，我的女儿十岁，儿子才五岁。当时，我们还在家门前的花园里照了一张合影。出发时，他们去了基地的升空现场为我送别，我是在他们的注视中奔向外太空的。

可他们人呢？

6

最后，我又来到了书房。

在放石头的书架上面，我发现了一排杯子。这里怎么会有一排杯子？在我的印象中当年没有放这些杯子，那应该就是我的家人放上去的。

我轻轻地拿起了第一个杯子，用手擦掉了上面厚厚的灰尘，一个漂亮的陶瓷杯呈现在眼前。让我惊讶的是杯子上面的图案，那是一张照片，是我儿子满周岁时，我们一家人在一起照的全家福，那时我女儿才六岁。

虽然我随身带去外太空的也有这张照片，但在自己家里突然发现一家人的合影，我再一次激动起来，我的眼眶湿润了。

接着，我拿起了第二个杯子擦拭干净，呈现在眼前的照片是我出发前在家门前花园里照的那张合影。合影上女儿站在她妈妈前面，我则抱着儿子站在她们身边。

我又拿起了第三个杯子，上面只有三个人，儿子长高了许多，女儿也变成了大姑娘，夫人老了一些。

接着，我拿起了第四个杯子，上面还是三个人，女儿戴着

寻找地球上的人类

博士帽，儿子手里拿着卷起来的一个东西，像是奖状，也像是大学录取通知书或者毕业证书。我夫人站在他们中间，我还能清楚地辨认出他们。

　　我又拿起了第五个杯子，在用手擦掉灰尘前，我就在拼命地猜想，他们又变成什么样子了。

　　这个杯子上的照片里增加了人，我夫人坐在最前面，她旁边放着一把空着的椅子，我儿子和一名年轻女子站在夫人的右后边，我女儿则和一名戴眼镜的年轻男子站在夫人的左后边。看来，他们都成家了。

　　在第六个杯子上，我看到了一张新的照片，这还是一张全家福，不过上面又增加了人。

　　我儿子和女儿手里各抱了一个孩子，孩子还太小，半岁的样子，我分不清是男孩还是女孩。我想，这应该是我的孙子和外孙了。我仔细看着两个孩子，他们长得太像他们的爸妈小时候了。

　　我的思绪又回到了我出发的前几年，当时为了紧张的训练和升空前的准备，我很少回家，几乎是半年甚至一年才可以见夫人、儿子和女儿一面。每一次相见都比较艰难，每一次分别都无比心痛。看着眼前的照片，我已经泪流满面。

　　我迫不及待地拿起了第七个杯子。我擦拭灰尘的速度越来越快，最开始是轻轻地、慢慢地拭去杯子上的灰尘，现在是匆匆忙忙，甚至是控制不住自己激动的心情了。这还是一张全家福，上面似乎又增加了人，我仔细一数，原来儿子和女儿都各有两个孩子了，两个大孙子已经五六岁的样子，两个小家伙似乎还不到一岁。这次我看清了，两个大孙子都是男孩，那两个小家伙应该是女孩。不变的是前面坐着的夫人旁边仍然放着一把空椅子。

我又拿起了第八个杯子，上面照片里的儿子和我现在的样子差不多了，两个大孙子也都高高大大的了，快要超过他们爸妈的身高，两个小孙女也都有十来岁了，坐在前面的我的夫人已经老得我都快认不出来了，并且手里多了一根拐杖。她的旁边，仍然放着一把空椅子。

我又拿起了第九个杯子。这个杯子上的照片我一看就控制不住大哭起来，虽然我看到我的四个孙子孙女都已经长大成人，可是摆在他们最前面的，已经是两把空椅子，这也就是说，我的夫人已经走了。两把空椅子上，各放着我和夫人年轻时的照片。这仍然是一张全家福。

我接着去拿第十个杯子，可是书架上没有了杯子，我找遍了所有地方，又数了无数遍，就是没有发现第十个杯子。

我彻底崩溃了，一屁股坐在地上大哭起来。

我的孩子，你们现在在哪里？你们后来过得怎么样？你们还活着吗？你们还有后人活着吗？

7

我突然想到，这座房子是有一间地下室的，我根据记忆打开了储藏间的门，从这里下到了地下室。

我多么希望最后能够在这里发现一些线索和痕迹，让我解开心中的那些疑团。

地下室是我当年的健身房，放着一张乒乓球台、一台跑步机，还吊着一个沙袋。另外，里面有一个小酒窖和一个小杂物间。当年，地下室是我和孩子们最喜欢的地方。

我走到地下室，鼻子最先闻到一股霉味和灰尘的味道，乒乓球台的四个脚已经断了一个，上面积了厚厚一层灰，完全看不到原来的颜色。

跑步机的支架还在，但也锈得不成样子了，塑料配件早已风化得不知去向，吊沙袋的地方不见了沙袋，只有地上的一小堆沙子。

我在杂物间里，看到了许多散落的蜡烛，我记得当时是用纸箱装着的，有可能是纸箱风化了。储备各种生活必需物资是我多年来的习惯，看来这个习惯挺好、挺有价值的。

我从背包中拿出万次火柴，点燃了一支又粗又红的蜡烛，顿时昏暗的地下室明亮起来。

我又来到酒窖旁，拉开一扇用防腐木做的小门，这扇门还算完好，只是拉门时一只动物从里面跑出来，吓了我一大跳。速度太快，我没有看清，像是大老鼠，又像是野猫。

打开门后，一层一层的青花瓷酒瓶出现在眼前，酒瓶上面也是厚厚的一层灰，盖住了漂亮的青花。但我一眼就能认出我当年收藏的这些酒和酒瓶，这可都是我一个一个买回来，然后一瓶一瓶装满酒，再一个一个摆上去的。

我随手拿了一瓶，感觉很轻，一摇动发现是空的。我又拿了一瓶，发现还是空的。我一连拿了十几个酒瓶，发现全是空的！怎么会这样？酒瓶的塞子完好，不可能蒸发和渗漏啊！

我把刚才拿过的一个酒瓶重新拿起来检查着，我的手摸过的地方，灰尘也被擦掉了，露出了白瓷和青花。

就在我准备放下这个酒瓶时，突然发现青花旁边似乎有字迹。我忙把酒瓶凑到眼前，放稳蜡烛，然后使劲地用手抹掉上

科学小笔记

万次火柴

万次火柴是一种新型火柴，比普通火柴更环保安全，体积小，可以做挂饰工艺品。由两块特制的钢片摩擦产生火花而点燃物品，需要少量汽油或者煤油，是户外野营生火不可或缺的工具。

面的灰尘。

这时，我看清了酒瓶上面一行像是用记号笔写的字：爸爸，对不起，我又忍不住打开了你的一瓶酒。

啊？原来酒是被儿子喝掉了？我本来非常郁闷的心情顿时轻松了许多，同时被儿子的这种淘气和小动作感动了。我甚至在想，他会不会是在思念我的心情中喝掉了这些酒？

最后，我在底层找到了一些还装有酒的酒瓶。我轻轻地打开瓶塞，一股清幽的酒香扑鼻而来，盖住了原来的霉味和灰尘味。我又把酒瓶放到了鼻子下面，深深地吸了一口气，多么熟悉的味道，又是多么陌生的味道。

就在准备站起身走出酒窖的时候，我看到在酒窖的最里面，有一个包裹着的东西，但看不清是什么，我把手伸进去拿了出来。

外面包裹的是塑料袋之类的东西，一层一层的都被风化了，我揭了好几层，才发现原来是真空袋，最里面还有好几层是完好的。我又一层一层地打开真空袋，最后从里面拿出了一个盒子，盒子外面还有一层防水牛皮纸包着。

打开防水牛皮纸，一个鞋盒大的小红木箱让我的眼前一亮！我太熟悉这个小红木箱了，因为它是我的东西。我还清楚地记得，这个小红木箱是我用来存放重要信件和纪念物的，也是我的秘密宝箱。我是从来不让孩子们碰这个箱子的，我夫人也从来不会动。

我抱着箱子仔细检查了一下，箱子还是原貌，只是上面多了一把八位数的密码锁，无法轻易打开。锁像新的一样，这也许是真空袋的效果，木箱和锁都没有风化，也没有氧化。

我轻轻地抱着箱子摇了摇，里面有东西撞击的声音，看来我的宝贝应该都还在里面。

我把小红木箱装进了大背包，还放了一瓶酒和几支蜡烛到背包里，我知道这些东西外面有可能再也找不到了，我得好好珍惜。

8

我在老家附近又搜索了一圈，还是没有发现活着的人类，也没有找到人类的尸骨和坟墓，他们就像凭空消失了一样，无声无息，毫无痕迹。

我大胆地猜测着：他们是被外星人掠走了？还是全部移民到新的星球上去了？还是遇到核辐射全部遇难了？或者是其他什么原因呢？如果是核辐射，为什么这里的植物和动物都安然无恙呢？

我实在是找不到答案。

但可以肯定的是，地球上的人类消失了。

因为我无数次联系地球上其他国家的太空指挥中心，也

寻找地球上的人类

用带有收音机功能的手表收听各种频率，但最后都没有任何信息，甚至连声波都没有收到。

我发出的所有求救信号也没有回音，一路上都没有发现人类最近活动过的痕迹。

于是，我决定先回到飞船上，飞船上面有足够的食物和物资，还有可以自卫的武器。我得回去想办法唤醒队友，因为我们有可能是最后的人类，也是人类重新主宰地球的希望，更是人类的种子。

顿时，我有了新的使命感。

幻想照进现实

"我"从太空中醒来，回到地球，发现地球上的人类已经消失。但残破的建筑、杂草丛生的公路、锈迹斑斑的飞机和汽车等，都彰显着人类曾经生活在这里，但也仅仅是曾经。如今，"我"寻遍了地球各地都找不到人类的踪影。难道，人类已经灭绝或者移民其他星球？你认为会是什么原因呢？你觉得人类会有从地球上完全消失的那一天吗？

儿子的信

1

我回到飞船上后，发现飞船上的队友都还没有醒来。于是，我每天打开飞船的舱门，让新鲜空气进入休息舱，希望有助于他们的苏醒。

我突然想到了从家里带出来的小红木箱，于是拿出来准备打开它。可我发现自己有些束手无策，因为我不知道密码，并且不愿意去破坏这把有着重大意义的锁。

我先试了自己原来电话号码的前八位数，发现不对。接着，我又试了家里的电话号码，也是八位数的，可还是不对。我又把我的生日和我夫人的生日连在一起试了一下，发现依然打不开，颠倒数字后也无果。

我抱着最后一丝希望，试了女儿加儿子的生日。没想到，密码锁竟然被打开了！

在小红木箱中，我终于发现了有价值的线索。

木箱的最上面，是一个小记事本，打开才知道是儿子写给我的信，内容有些长。

我来不及细看记事本里的内容，接着翻记事本下面的东西，发现是一些折叠好的设计图纸和几页密密麻麻的写满数字的资料，还有一份我从来没见过的地图。

再下面，则是我当年收藏的信件和一些玉器把玩件等。

我找了个地方坐下来，慢慢看起了儿子写给我的信。

第一封信

爸爸：

您好！

我不知道您有没有机会看到这封信，但我仍然抱着希望，我一直相信您还活着，因为我能感觉到。

您去外太空已经快四十年了，您走时我还不记事，但妈妈和姐姐常给我讲您的故事，我也常翻看您和我们一起拍的照片，所以我一直感觉您就在我们身边。

姐姐后来学了医，成了神经外科医学博士，我则选择了科研，领域和您的职业有关，是从事外星人研究。

这些年来，发生了太多离奇的事件，我在这里没办法一一讲清，只能讲一些比较重要的。我们地球上近些年来多处发现外星人到访，我们还抓住了一些外星人，甚至和外星人发生了一些冲突，引发了小规模的战争。但后来我们和外星人的关系缓和了。这也是我们要研究他们的原因，只有了解了他们，才有可能更好地与他们沟通和交流。

您走后的一段时间里，经常有政府派来的人看望和慰问我们。通过他们的讲述和转达，我们得知您在太空一切安好。后来，他们来得少了一些，但每年春节前还是会来，这一直持续到我大学毕业那年。

次年晚春时的一天，家里突然来了很多人，他们说是您的同事和领导，他们告诉了我们一个惊天的消息，说您所驾驶的飞船失去联系很久了，并且已经确认遇险，几乎没有生还的希望。

听到这个消息，我们都伤心地哭了，特别是妈妈，她哭了好多天，不吃不喝的。

您一直是我的偶像，这也是我选择从事外星人研究的原因之一。因为这样，我才可以更多地知道地球以外的情况，去接近您的职业和理想。

我经常在梦中见到您，您还是离开时照片上的样子，您还和我说话了。

每次醒来后，我都对妈妈讲我的梦境，她一听我讲就开始哭。后来，我就不给她讲了，转而对姐姐讲。姐姐只认真地听，听完后拍拍我的肩，让我不要想太多。

爸爸，我一直感觉您还活着，您驾驶的飞船肯定只是与地球失去了联系，现在正行驶或者飘浮在外太空的某个区域。这个区域太远，实在没办法和地球上的基地取得联系。说不准在某一时刻，您就突然回来了，出现在我们面前。

我把我的想法跟妈妈和姐姐讲过，可她们不信。虽然她们嘴上说信，但我知道她们内心是不相信的。我也给我的同事和领导讲过我的推测和构想，他们也都不相信。

但是我信，这就够了。

第二封信

最近工作太忙，我是每天下班回到休息室给您写信，我得拼命挤时间写下这些，否则我担心再也没有机会了。

妈妈还在时，我和姐姐经常带着孩子回家看她。忘了告诉您，我和姐姐已经各有一个儿子和女儿了，大的都是儿子，小的都是女儿，都已经长大成人，妈妈可喜欢他们了。

可是妈妈去年去世了，她还不到八十岁就走了。本来她不应该走得这么早的，可是她总说想去看您。妈妈在世的最后几年，我因为科研的保密性，回去的次数也越来越少。外界都不知道我是做什么工作的，我也不能让他们知道。

这些年来，随着常规能源的逐渐枯竭，很多生活方式都发生了改变。煤、石油和天然气等现在已经成了国防物资，民间几乎再也找不到了。

所以，传统的汽车、飞机、轮船等都停摆了。现在世界各国都已经找到替代能源，并且多家公司在大规模生产和推广。这种替代能源其实原来就有，只是我们一直不敢用于民间，它就是核能。

现在核能发电站遍地都是，路上跑的汽车、海里开的轮船、天上飞的飞行器都是核能驱动的。

想一想，每辆车上面都有一个小核包，这些能量是巨大的，一旦被不法分子或者恐怖分子利用，后果不堪设想。

所以，一直有许多科学家反对在民间大规模使用核能。可

科学小笔记

常规能源

常规能源是指在现有经济和技术条件下，已经大规模生产和广泛使用的能源，如煤炭、石油、天然气、水能和核裂变能等。相对于常规能源而言，新能源指在新技术上系统开发利用的能源，如太阳能、海洋能、地热能、生物质能等。新能源大部分是天然和可再生的，是未来世界持久能源系统的基础。

是，那些利益集团不同意，他们眼中只有钱，包括那些政客，眼中也只有利益和地位。

于是，新的危机产生了。

核事故经常发生，核泄漏和核辐射越来越严重。导致这种情况出现的原因主要有两个，一个是地质运动引发的地震，另一个是技术不成熟。

现在在消防队里已经有了专门处理核事故的中队，因为核事故是不可预测的，一旦发生是非常可怕的，其毁灭性不可估量！

我们生活的周围全是核能和核危机，想想这是多么可怕的事情。其实，人类还有更多的能源选择，比如太阳能。虽然太阳能远没有核能的能量强，也没有核能的动力强，但是安全的。

可是企业家和政客们不这么想，我们科学家也没办法改变这一现状。当然，只有我们清楚这种现状最后会导致什么样的局面。

我的外星人研究工作也取得了实质性进展。这是高度机密，甚至是绝密，但我告诉您是安全的。

我们抓住了一个外星人，我通过脑电流意识感应仪器破解了他们的语言，能够和他们进行简单交流，知道了更多不可思议的事情，当然包含外太空的很多秘密。

知道得越多，我越明白我们人类是多么渺小，我们只是宇宙中最普通的一种生命，外太空还有着比我们更智慧、更高级的生命存在，也就是我们所说的外星人。

当然，这些发现都是不会向外界公布的，也不会向普通的官员汇报。我们科研所有绝对的独立性和自主性，我们肩负着人类生存和延续的使命。

爸爸，休息室的警报响了，我得快速赶到实验室去了，下次接着给您写。

第三封信

爸爸，最近每天都会发生一件奇怪的事，也可以说是奇怪的现象。那就是每天中午十二点前后的十多分钟里，会有一股巨大的力量出现。这力量就像吸尘器一样，会把地面上那些没有固定或者固定不牢的东西吸走。起初这力量不大，就像刮风一样，只是吸走一些树叶和灰尘等。但随着时间的推移，这股力量越来越强，这几天已经有椅子、凳子，甚至是小孩被吸到空中消失。

昨天我和大学同学聚会，听其中一个从事天文研究的同学说，他们已经开始重视和研究这种现象。他还说这股力量来自太阳系以外，也就是外太空，类似于我们地球的引力，但又远远超过地球引力，我们暂且叫它超引力。他们推测这股力量是外太空一个具有强大引力的星球所发出的，这个星球现在运行到太阳系边缘，所以对地球产生了如此大的影响。并且，根据规律推测，这股力量还会加剧，会越来越强，最后会强到什么程度，谁也不知道！

今天政府部门已经下发通知，让人们中午时分不要外出，并且保管好自己的物品，看好孩子。他们的解释是地球的磁场受外太空影响发生了改变。他们让大家不要惊慌，说这种现象不会持续很长时间，也不会有太大的危害。

但不惊慌是不可能的！不久，什么"世界末日""地球即将毁灭"等传言四起，闹得人心惶惶。好在目前还没有导致严重的后果，要不然局面真不好控制了。

我通过和外星人交流，知道了他们掌握的一些情况。外星人从他们的星球来地球时，就遇到了这股巨大的力量。外星人的飞行器速度快，所以比这股力量提前很多天到达地球。他们遇到这股力量时，因为科技发达，飞行器的速度也够快，完全有能力轻易穿过这股力量。

外星人后来还告诉了我这股力量的来源和危害。正如我同学所在的科研所得出的结论一样。看来人类的外太空研究已经有相当高的水平。

外星人还告诉我，这股力量是具有毁灭性的，最后很有可能给地球和人类带来灭顶之灾。

这个信息我不能外传，否则整个地球上的人类会大乱的。但我把这个信息上报给了我们科研所的专家小组，他们相当重视，并且准备成立一个新的保护地球和拯救全人类的综合科研所，用来应对眼下的困局。

第四封信

综合科研所成立了，之前分散在世界各地的各类优秀科学家都集中在了一起，比如天文学家、飞船研究科学家、外星人研究科学家、动物学家、生物学家等，几乎聚集了全球顶尖的科学家。

这些科学家中，有许多是我的大学同学或者研究生同学。我们共同的使命就是拯救地球、拯救人类。我们不受控于世界任何组织和国家，管理者是内部的一个专家小组，每次的会议决议，只需要专家小组百分之八十以上人员同意就可以通过和执行，非常民主和科学。

任何国家都必须无条件地配合和执行我们的决议，因为我们这个科研所是人类最后的希望。

那股巨大的力量每天中午十二点左右还会出现，时间长短没有变化，但力量越来越强，地面上没有固定的物体大部分被吸走了。人们都躲在家里不敢出来，这时地下停车场发挥了巨大的作用，成了流动人口的避难所。

地面上行驶的轿车，空中飞行的直升机甚至是大客机，还有水面的各种船只都不可避免地受到了那股神秘力量的影响。这下新的问题来了，这些交通工具都是核动力，它们在被巨大的力量吸走时，在空中发生猛烈的碰撞，导致核泄漏非常严重，对空气和地面的污染可想而知。

接着，许多人由于核污染导致生病和死亡。加上每天都有大量的人员失踪，这下人心更加不稳，地球危机重重。

这个问题是全球性的。我们每天都开会交流，以便掌握最新动态。时间越来越紧，因为那股力量越来越强，核泄漏也越来越严重！

更为严重的是，我们发现有核电站发生泄漏，灾区面积在不断扩大。随即，全球紧急关闭核电站，并把所有水电站库区的水逐渐放流，以避免这股巨大的力量导致更大的灾难发生。同时，政府开始号召和鼓励大家不要再开车出行，或者是把核动力的交通工具送到集中区域销毁，以便从根源上杜绝核动力包的泄漏。

这时自行车、太阳能车和电动车成了主要交通工具，虽然这些车的速度慢，但现在别无选择。中午十二点前后几个小时，这些车和人都进入室内或者地下避难。

这时，全球开始大面积停电、缺电，人类的活动也缩短到白天那为数不多的几个有太阳的安全时间范围。

全球进入了空前的慌乱中。

后来我们发现，这股力量还有一些其他的特征，比如平原和山区受影响的程度不一样，不同区域的不同国家受这股力量影响的程度也不一样。地下室和建筑质量过关的房屋都相对安全。

只是，谁都不知道，这股力量最后会强大到什么程度，会不会将大树连根拔起，整栋高楼被吸走？

我问了外星人，他们也不知道这些问题的答案。

我们综合科研所最后讨论了两个预案，一是移民到外星球，二是快速建造一个地下王国。

科学小笔记

移民外星球

　　天文科学家在宇宙中寻找到适宜人类居住的星球或者在其他星球上创造条件让人类移民居住。目前，人类在外星系发现了一些类地行星，它们处在宜居地带，存在大气和水。但目前为止，人类还没有发现一颗星球存在生命。或许，随着人类科技的进步，以及对外太空的探索，在未来的某一天就能找到适合人类居住的星球，或者创造一个适合人类生存的星球。当地球遇到大危机的时候，人类就可以移民外星球。

目前，移民外星球还没有实质性的进展。虽然我们前后派出去无数的飞船寻找可供人类生存的外星球，但返航的极少，大多都失去了联系，包括爸爸您所在的那艘飞船，即使回来的也是无功而返。

建造地下王国倒相对现实一些，但面临着两大问题：一是建造时间，这是一项巨大的工程，不是三五年可以完工的，现在时间已经很紧迫了。二是地球上有几十亿人口，如果都进入地下生活，是完全不可能的事情，如果只选择性地让部分人去，那谁去谁不去也是一件难事。

我们科研所的科学家围绕这两个问题讨论了好多天，最后也没有达成一致意见。可时间不等人啊！

第五封信

爸爸，我有时在想，你们的飞船与地球失去联系，是不是也是受到了这股巨大力量的影响呢？你们飞出了太阳系，飞船应该已经加速到了光速，这时你们的时间过得比我们快，你们也会提前很多年遇到这股巨大而神秘的力量。

根据我们科研所的计算和研究，如果是在太阳系以外受到这股力量的影响，物体只会被吸到外太空，可是太阳系内所有物体就没有这么好的运气了。它们在空中飞行一段时间，在离太阳越来越近时，会被太阳的高温熔化分解，最后什么也不剩，算是灰飞烟灭。它们不会成为太空垃圾，也不可能被吸到外太空去，更没有机会再回到地球。

那股神秘的力量正在逐渐变大，加上核污染，地球已经到了最危险的时刻，也正如外星人所说，这是毁灭性的灾难。

就在这时，事情有了重大转机。

我们科研所控制的外星人告诉了我一个天大的秘密：他们所在的星球上面是有水和植物的，并且适合人类生存，只是他们的星球太小，比地球小很多，这也是他们出来探索宇宙的目的。他们也在努力寻找新的生存空间，那更不可能接纳我们这么多地球人了。

我马上把这一重大发现上报了专家小组。一通宵的会议讨论后，我们集体决定和外星人谈判，我们的条件是释放被控制的外星人，但他们得带部分地球人去他们的星球避难，并确保这些人的安全。

我是唯一取得外星人信任的人，这项艰巨的任务也就落在了我的身上。我马上回到实验室把这个决定告诉了外星人，我给他取名为"A"，因为我经常和他打招呼都是喊的"喂"，"喂"和"A"发音相近，这样也合乎情理。没想到我说出我们的决定后，A没有半点意外和惊喜，他说这是最好的办法，并且是他早就知道的结果。

我问他如何和他们的指挥者或者是负责人联系谈判，他的回答让我更加意外，因为他就是来地球的外星人指挥者。他还告诉我，他们外星人的领导都是身先士卒，永远把危险留给自己。要不然如何服众，如何统领其他人呢？

这下就好办了，同时我知道A早就想好谈判的条件了。果不其然，他开出的条件就是他们只能搭救六百人去他们的星球，并且等地球上的灾难过去之后，我们人类必须再回来，不能霸占他们星球上的资源，回到地球时，还必须允许他们外星人移民来地球一起生活。

A说完后，还告诉我这是他们集体商议的结果。我大惊，集体？我怎么没有看到实验室还有其他外星人呢？难道他们隐身了？

A抬头看了看我，像是在笑我的这种惊慌。他没有卖关子，而是接着告诉我，他们是可以通过脑电波和同类联系的。

果然，他们比我们人类高级很多。

我也明白了，他是想借这个机会来换取他们未来的生存空间。可是我突然有一些问题想不明白，为什么他们只能救走六百人呢？

A的回答让我更加后怕。因为他们的科技水平高出我们太多倍。他说："我们的飞行器只能再容纳六百人，再多就会影响飞行安全和飞行速度。"

我说："那不用担心，我们也有许多的飞船，并且可以赶制出更多的飞船。"

A犹豫了一下说："你们的飞船飞行速度太慢了，在飞离太阳系之前没办法达到光速，更不可能摆脱那个未知星球的强大引力。另外，我们的星球已经没有更大的生存空间了。"

这时我才知道，原来他们的飞行器已经达到超光速，甚至可以在摆脱任何重心和引力的情况下实施虫洞技术。这远远超过我们地球人的水平，甚至是我们几十年或者是上百年都不可能攻克的技术。我还得知，他们的飞行器就隐藏在一座大山

科学小笔记

虫洞技术

简单地说，"虫洞"是宇宙中的隧道，它能扭曲空间，让原本相隔亿万公里的地方近在咫尺。

一些物理学家认为，理论上也许可以使用"虫洞"，但"虫洞"的引力过大，会毁灭所有进入的东西，因此不可能用在宇宙航行上。新的研究发现，"虫洞"的超强力场可以通过"负质量"来中和，起到稳定"虫洞"能量场的作用。如果把"负质量"传送到"虫洞"中，把"虫洞"打开，并强化它的结构，使其稳定，就可以使太空飞船通过。

里，随时可以起飞。之前我们发现的那些麦田怪圈现象，就是他们飞行器留下的。

A还告诉我，他可以随时从这里出去，他留下来假装被困，只是为了寻得与我们人类沟通和交流的机会。

我最后问他："你们完全可以马上回去，等地球上这场灾难过去之后，人类也灭绝了，你们再来地球，那时候你们不就是地球的主人了吗？不就可以主宰地球了吗？"

A的回答在我的预料之中，但也在我的预料之外。

他说："这个不知名星球的引力由弱到强，再由强到弱，它有自己的运行轨道，迟早会远离太阳系，当然包括地球。到那时这种外力没有了，你们星球上的病毒和污染也会被分解和消失。那时的地球会是一个全新的星球，只是你们人类等不到那一天了。但我们不会做这种捡便宜的事情，这就是你们地球人所说的'高度文明'。"

同时，另一个好消息也传到了综合科研所。

第六封信

最近忙着与外星人A沟通有关外星球移民的事情，一直没有时间继续给您写信。

另一个好消息，就是之前有一个科研机构在中国一个原始森林的无人区开建了一个地下城，叫作龙城。这个地下城早就开始建了，是受电影《微光之城》的启发和影响，并且借鉴了许多电影中的构思和设计。

龙城刚刚修建完工，原计划用于秘密科研、躲避战争或者是回避地球的持续升温等，没想到现在居然可以用上了。龙城可以容纳五万人，相当于现在一个小县城的规模。

可是全球有近八十亿人口，谁移民去外太空？谁去地下龙城？谁又愿意留在地面呢？这都是棘手的问题。

当然，我们最近的发现和研究进展，也是全人类最高机密，知晓的只有专家组成员。否则，全人类不大乱才怪。

其实，现在人类已经开始阵脚大乱了，甚至是发生了许多极不人道的事情。比如受到核辐射的人得不到有效和及时的救治，被一些地方组织和机构秘密处理。

还有许多人失去生活的信心，觉得看不到希望。

更有一些人抢夺物资和抢占可以隐蔽的避难场所。但各国政府都在想尽办法强有力地控制着局面，避免人为灾难继续发生。

综合科研所专家组最后讨论出了一个相对公平和理想的去留方案。

专家组所有成员可以自由选择随外星人去外太空，或者去地下龙城，直系亲属也全部随行，只能走不能留，这可能是担心泄密。

再就是之前去外太空寻找可以生存的星球而未返回和失去联系人员的家人也都可以自由选择，这是关照政策，有付出就有回报。

余下的名额，则挑选心理素质极好，有一门手艺和过人的专长，生活独立性强，善良、理智，家族无任何遗传病史，能用"高度文明"来约束自己的人，这部分人最好以家庭为单位。

这个方案简单明了，也是有依据的。从事外太空科研和天文研究等领域的专家家属，平时或多或少有接触相关的知识和常识，他们的家人去外太空，甚至最后失去联系，已经让他们拥有了较好的心理承受能力和适应能力。

在全球挑选合格人员，纯粹是为了人类的延续，不管去外星球的，还是去地下龙城的，在未来的某一天都是要回到地球上的。在这漫长的过程中，我们会遇到太多无法预测的危险和问题。同时，人类还需要不停地繁衍后代，才有看到希望的一天。

合格人员的挑选工作已经顺利展开，当然我们不是告知移民的真相而挑选，而是以随飞船去外太空寻找可供人类生存的星球为理由。因为这个招聘和挑选原来每隔几年就会进行一次，人们也早已相信和习惯。

一切都紧张而忙碌地进行着。

第七封信

我最后选择了随外星人A去他所在的星球。

其实这也不是选择，而是迫于无奈。因为我是A唯一的地球人类朋友，也是唯一可以和他交流的地球人类，也就是他们所说的外星人翻译。

我让您的儿媳和两个孙子去地下龙城。妹妹他们一家人因为您的原因符合条件，也去了地下龙城。其实在我看来，去地下龙城相对保险一些。

当然，这时候已经没有保险和安全这个说法了。

我们随外星人A去他所在的星球，这一路上未知的因素太多，最后能不能安全到达，也只能听天由命。地下龙城的通风系统能不能抵挡这股巨大的力量和核污染，也得经历后才能知道结果。地下龙城能不能正常运转也是未知数，毕竟设计依据的都是理论，没有时间来试验和测试。

同时，我们还准备把已经验收合格的宇宙飞船全部发射出去，让它们飞离太阳系，去寻找新的家园。这些飞船最后能不能成功找到新的可以生存的星球，能不能摆脱这股巨大的力量，也都是未知数。但是不试，就一点希望也没有，只有全力一搏，才有生存的机会。

最近全球失踪人口剧增，核污染面积不断扩大，安全的区域越来越少，外面的秩序已经开始混乱。

专家组开始把确定的人员秘密向地下龙城转移，对陆续挑选出的合格人员也进行了分批转移。专家组还确定了龙城封闭进出口的时间，也就是我们和外星人一起离开的时间。

地下龙城有着先进的设计，并且计划的是四百年后，才可以打开封闭的进出口大门。这个时间是科学家们推算出来的，相信那个时候这股巨大的力量完全消失了，地球上的核污染也完全消散了。但我担心这么久后，万一程序出现故障，或者传承图纸和使命的人员断代或意外死亡，那么地下龙城里的几万人不是难见天日？

我突然想到，为何不留点余地呢？于是在查看地下龙城图纸的时候，偷偷复印了一份，万一我的感觉是对的，您哪一天回来了，相信您肯定会回家，您只要回家，就会发现我藏的这些信和图纸，这样就多了一重保险。图纸下面还有一份资料，这是外星人无意中透露的秘密，也就是为什么我们的人造飞船无法快速达到光速，或者是超光速，而必须经过很长时间的加速后才可以接近光速，最后冲出太阳系后才可以达到光速，但永远无法超过光速。我们来不及研究和实验了，更来不及制造这种新一代的飞船，我只能把资料留下。

外星人A还说，当飞船超过光速以后，虫洞问题也就迎刃而解了。这时，还可以穿越时空，飞船上的时间与地球上的是不一样的，飞船上的一天相当于地球上的一年，也许就是我们平时经常说的"天上一天，地上一年"吧！看来这句话还是有根据的。

爸爸，如果您哪一天回来了，这些东西都能发挥作用。如果最后地球上还有人幸免于难，他们也还有机会掌握这项先进的技术，这将是造福人类的伟大技术。

我准备利用最后一次回家收拾东西和亲人告别的机会，把这些资料和信放在酒窖里。我会把地下室的入口进行伪装，相信别人发现不了，上面还会压一些重物，以防被那股力量吸开。

我马上就要走了，您的儿媳和女儿都带着家人到地下龙城去了，相信他们会相互照顾。我们一起祈祷吧！希望上天保佑我们人类。

最后，我希望您能够看到这封信。

我永远相信您还活着。

2

看完儿子留给我的信，我顿时明白了一切。

合上记事本，我看到了记事本下面的几张地图和图纸，以及几份密密麻麻的数据和公式。

这些图纸也许就是儿子在信中所说的地下龙城的设计图纸以及去龙城的地图，数据和公式应该就是关于光速和超光速的资料了。

我注意到记事本最后的落款时间：2062年8月31日，这是我离开地球38年后的时间，这个时候我的儿子应该是43岁。

可我今年也才40岁。

我现在必须理一下这个时间问题，要不然后面很多问题无法解决。

现在存在三个时间：一是地球上的正常时间；二是飞船上的时间；三是外太空中当飞船达到光速和超光速以后的时间。

我通过核对和计算后，印证了儿子在信中所告诉我的关于外星人的话，当飞行器达到光速和超光速以后，飞行器上的一天，等同于地球上的一年，这个时候，飞行器和其上面的人都是提前到达了未来。这也就是我们平时所说的时空穿越。

我们当年离开地球飞向外太空时，正好是用一年出了太阳系，这时飞船已经加速到光速，之后就遇到了那股巨大的力量，接着飞船失控，我们不省人事。

等我醒来后，查询计算机上的时间，当时我大吃一惊，完全不敢相信，因为我看到电脑上显示的时间是我们出发的426年以后。这时的飞船已经回到了太阳系，所显示的时间应该是地球时间，这样算来我们的飞船在外太空失控了一年零两个月，折算为425年，加上我们出发到离开太阳系的一年，正好是426年。最后，我返回地球又用了近一年。

这样算来，当我回到地球也就是427年以后了，可我在飞船上只待了三年多。

我接着计算，发现地下龙城里的人离走出龙城还有11年，他们会不会提前出来？或者是否还有人类记得这个事件？我不得而知。我的儿子他们去了外星人的星球什么时候能够返回，我就更不确定了。

地下龙城里的人都还活着吗？随外星人移民的人安全到达外星球了吗？同时发射的几艘宇宙飞船能够躲过超大引力到达外太空吗？他们还能安全回到地球吗？

这一系列的问题浮现在我的脑海中。

我忙理清了思路，准备接下来分几步进行：

一是找到地图上的坐标位置，准备充分后前往原始森林提前打开地下龙城的进出口，如果下面有人还活着，那我们人类就有继续发展壮大的希望了。

因为地球已经恢复到安全环境，甚至可以说是一个全新的地球。我通过相关仪器检测过，核泄漏和核辐射都没有了，那个有巨大引力的不知名星球也早就远离了太阳系，他们现在都可以安全地出来了。

二是我把开回来的飞船作为临时基地，不停地向外发射信号，如果地球上还有人类，如果我的儿子从外太空返回地球，他们都可以提前收到我的信号，以便及时与我取得联系。

同时，我得抽时间清理基地的停机坪，并寻找一些反光物体和发光体，作为飞船降落的导航灯，这样有利于飞船更加安全地着陆。

三是继续寻找地球上活着的人类，以便给予救助和帮助。

四是继续想办法唤醒我的队友，这是摆在眼前最现实的让人类在地球上延续下去的办法。

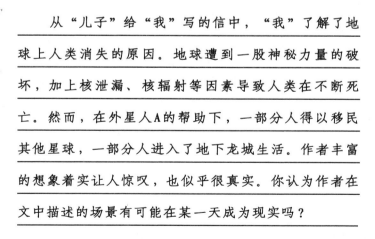

幻想照进现实

从"儿子"给"我"写的信中，"我"了解了地球上人类消失的原因。地球遭到一股神秘力量的破坏，加上核泄漏、核辐射等因素导致人类在不断死亡。然而，在外星人A的帮助下，一部分人得以移民其他星球，一部分人进入了地下龙城生活。作者丰富的想象着实让人惊叹，也似乎很真实。你认为作者在文中描述的场景有可能在某一天成为现实吗？

重建家园

1

我根据儿子留给我的地图和资料，很轻易就知道地下龙城位于湖北省神农架林区的一座大山之下。

这里本来就地广人稀，修建一座地下城是不会引人注意的。更何况，这里许多动物和植物都是躲过地球上的多次灾难幸存下来的，是个神奇地带。看来，当初选择这个地方修建地下龙城，是非常明智的决策。

这次我不准备徒步前往了，打算驾驶飞船上的飞行器前往。我们的飞船上有多艘小型飞行器，这些飞行器本来是在外太空急救或者临时出飞船工作时使用的。

当时回家乡我没有开飞行器，是因为我想进一步确认这是不是真的地球，还想顺便寻找活着的人类，或者找到一些有价值的线索。

　　我抽时间去了飞船三层的储备舱，检查了飞行器的状况，并挑了一架我使用过的飞行器，把它开出来试飞了几次。

　　飞行器和飞船的原理差不多，只是功能和大小有所区别，所使用的都是多功能复合动力，有传统的液态氧、风能、太阳能和核能驱动，并可以大容量储存能量。所以，飞行器的飞行速度和飞行时长足够我在地球上使用了。

　　带足食物之后，我就驾驶着飞行器朝西北方向飞去。飞行器在空中像一只小鸟，几十分钟后，就来到了神农架的上空。我在空中盘旋了多次，并根据多次来神农架的记忆，搜寻地图上的位置。

　　功夫不负有心人，我终于找到了疑似地点，忙把飞行器降落在附近一处草地上，然后背着简装包在四周察看，寻找地下龙城的入口。

　　三天后，我在一座山的半山腰，找到了一个山洞。我打开强光手电筒走进去，在山洞里发现了一些人类留下的痕迹，比如石壁上有人类刻下的文字。由此我确认这里就是当年地下龙城的入口。

　　按照设计图纸，这个入口处会有几部电梯直通地下龙城。这个入口也是出口，只是经过伪装，需要授权密码才可以开启通道的开关。

授权密码我有，因为儿子已经在信中留给了我，可我并没有找到伪装的电梯入口。

我在山洞中找了一天，还是一无所获。所有石壁突出的地方我都按了，所有疑似机关的地方我都试了，可最后还是没有找到。

我知道事情不会这么顺利，否则他们做的这一切安排就太没有技术含量了。

我休整了一下，认真梳理了一下思路，又仔细研究了一下龙城的图纸，最后得出一个推断：这个山洞有可能因为地质运动发生过坍塌，从而掩盖了电梯入口。

看来我得想办法把洞中一些看起来多余的石头全搬出去，才有可能找到电梯。

这可是一个苦力活，更何况还有些巨石是我使出全力也无法搬动的，这可难住我了。如果是正常情况下，开一台挖掘机进来，问题就轻易解决了，可现在去哪里找挖掘机呢？

我想不出更好的办法，只好又飞回基地。我之所以这么做，一是想回去看看飞船上面有没有可以利用的工具，二是想看看有没有同事苏醒。

我的飞行器还没有降落，就意外收到了强信号的提示音。太久没有听到这种声音了，我立马兴奋起来，这会是谁发出来的信号呢？

我试着呼叫了对方，可是仍然只收到信号，并没有通话声。我又呼叫了数次，仍然没有回音，只好迫不及待地把飞行器降落在了已经简单收拾过的基地。

然而，我还没有打开飞行器的门，就看到了一个熟悉的身影——正是我的同事玛丽。

2

看到她，我简直无法形容自己激动的心情，眼泪"唰"地就从眼眶里涌了出来。我有多久没有看到活着的人了？又有多久没有和活着的人说话了？

简直太久太久了！

玛丽看见了我的飞行器降落，当我打开飞行器的门走出来时，她已经飞奔过来，我迎上去和她来了一个大大的拥抱。

我们俩抱头痛哭，激动得半天都没有说出话来。真的，此时此刻我们都无法用语言来形容看到彼此还活着的心情。

后来，从玛丽的讲述中，我才知道她已经苏醒几天了。她苏醒后就发现自己已经回到了地球，她兴奋地寻找了一圈后，同样绝望了，因为她也没有发现活着的人类。

飞船上的其他队员仍处于沉睡中。唯一让玛丽抱有一丝希望的是，她没有发现我的身影。随后，她发现了我的留言，这才有了一些安慰。

这几天，她一直在等待我归来。

我把我最近几个月的发现和经历告诉了玛丽，玛丽听完终于知道我们的处境了。

眼下，最紧急的事情是挖开山洞的塌方，清理出地下龙城的进出口。

玛丽的苏醒似乎是受到上天的指引，因为她是一位机械专家。她告诉我，可以把几台备用的机器人改装成挖掘机式机器人。机器人力大无穷，搬运大石头轻而易举。

说干就干，几天后，几台新机器人就诞生了。

我和玛丽各驾驶一艘飞行器，再次前往神农架的那处山洞。这次不同的是，我们的飞行器上各带了两个机器人。

玛丽真是一个天才，她改装的机器人非常适用，我们只需在一旁控制和指挥即可，之前那些依靠人力无法撼动的巨石被机器人运到了山洞外。

一天后，山洞里露出了金属的痕迹。接着，圆形的电梯门就露了出来。

将周围清理干净后，我试着启动了一下电梯，发现没有任何反应。我又一连试了三次，电梯还是纹丝不动。难道电梯没有电了？

玛丽给我拿来了工具箱，我拆开了电梯的控制面板，把电梯的电源线和机器人的电源连接起来。

这次终于有反应了，电梯的控制面板亮起了指示灯，我点了开门键，电梯的门慢慢打开了。里面全是蜘蛛网和老鼠的粪便等杂物，脏乱无比。

我让机器人清理了一下，就喊玛丽和我一起下去看看。我留了两个机器人在这里，一台作为电源，一台负责接应。另外两个机器人则被我们带着一起去地下龙城。

我和玛丽都异常紧张，真不知道四百多年后，地下龙城里的人是否还活着。现在的他们还有人记得过去是怎么来到这里，将来还要履行从这里走出去的使命吗？

我已经在内心设想了种种可能。有可能他们早已全部死亡，毕竟地下龙城能不能正常运转谁也不知道；有可能他们还在继续繁衍着生命，过着稳定幸福的生活；也有可能他们遇到了食物耗尽和疾病的困扰，生活非常痛苦。

我想着这些的时候，电梯停了下来，显示已经到达底部，接着电梯门打开了。

等待着我们的会是什么呢？

3

电梯门还没有完全打开，我们就听到了轰鸣的机器声，然后是伴随着电梯门打开扑面而来的异臭味。

这味道让我觉得有些熟悉。对，就是人类生活垃圾的味道。难道电梯的出口建在垃圾堆里吗？

我们跟着机器人慢慢朝前移动。机器人打开了探照灯，照亮了漆黑的地下空间。

原来这里是一个垃圾发电站。我们所处的位置正是垃圾发电站的储存仓。这里隐蔽，轻易不会被人发现，平时更不会有人进来。

根据图纸上的提示，我在出口旁边找到了防毒面具，和玛丽一人戴了一副。机器人当然不必使用防毒面具了，只是它们一直在提示空气中含有大量有毒气体，要注意防范。

我们在巨大的垃圾储存仓里转了几圈，才找到出口，这是一个传统的机械门，旋转大盘轮大门就打开了。

等我们走出来，发现外面是发电站的机房，它正在工作，电灯亮着，但看不到一个人影，似乎是机器人自动控制着一切。

科学小笔记

垃圾发电站

随着人们生活水平的提高，产生了越来越多的生活垃圾，垃圾发电应运而生。垃圾发电可以变废为宝，不但充分利用了垃圾的热值，而且能对燃烧产生的有害成分通过烟气处理系统进行统一处理，减少对环境的污染。

　　由于不知道地下龙城现在的情况，我们做什么都是小心翼翼的。此次下来，我们也只是想粗略地探索一下，后续要如何做，还得根据这次的探索结果来决定。

　　我们把两台机器人藏在了发电站的车间里，然后很容易地出了大门。

　　地下龙城十分昏暗，这里应该是用灯来照明的，但亮的灯比例并不多，街上的景物只勉强看得清。

　　我们沿着狭窄的街道走了好远也没有发现人，这里的所有场景似乎有些熟悉，但我一时想不起来在哪里见过。

　　终于，我们看到远处有一个人推着车走了过来，他边走边停，走近后我才看清原来是一个清洁工人。

　　这是我在地球上看到的第一个活着的人，我有些激动，没有多想，就跑过去一把抱住他，来不及细看和打招呼，也无法用语言来表达内心的激动。

　　清洁工人似乎被我的举动吓到了，他愣了几秒钟后，就一把推开了我，说了一句："这么晚了，哪儿来的神经病？"

　　原来，他把我当成精神不正常的人了。

　　我忙解释说我不是精神病人，只是看到他有些激动而已，但我又不能透露我真实的身份，怕泄露不应该泄露的秘密，而引发过度恐慌。

　　我忙拉着清洁工人在街旁坐下。这时，我才认真打量了一下他。这是一位有些年老的长者，一问，验证了我的推测，他今年七十多岁了。

我有太多的问题想问他，一开始他回答了一些，但很快他就不说话了，直盯着我看，满脸疑惑。

我忙补充说："我前些年突然成植物人了，刚刚苏醒，对以前和现在的事情都不清楚，所以好奇。"

老者这才半信半疑地继续回答我的提问。

科学小笔记

地下城

在历史上，地下城其实不算特殊的存在。出于各种各样的目的，许多国家和地区都修建了比较完善的地下城市系统。比如北京地下城。在这座地下城市里有商店、餐馆、学校、剧院、理发店，甚至有一个溜冰场。这座地下城市也有超过1000个防空洞，如果遭遇袭击，它可以容纳多达40%的城市人口。

令人惊讶的是，有传言说，每所房子都有一个秘密的暗门，让市民可以迅速撤退到地下综合体。2000年，这座巨大的城市作为一处旅游景点正式开放，而且一些庇护所实际上被用作青年招待所。

通过交流，我和玛丽终于知道了关于地下龙城现在和过去的许多故事。

4

原来，地下龙城已经失控了。

清洁工人告诉我们，晚上不要出来，如果被龙爷的人发现，会被抓去做劳工，还有可能被他们折磨致死而吃掉。因为晚上是禁止外出的。

这个自称龙爷的人，就是地下龙城新的统治者。

龙爷控制了地下龙城最紧缺的资源，比如食品仓库、饮用水源等。其他人已经处在饥饿边缘，只有通过繁重的劳动，才可以从龙爷手中换取一点点食物和水。

清洁工人还告诉我们，现在地下龙城已经没有法制可言，更没有了之前的秩序，龙爷就是法律。他为所欲为，随意处置人的生命，并停办了原来唯一的报纸——《龙城曙光》。

人们没有了言论自由，更没有了精神支柱，甚至没有了活动的自由。

不知不觉中，龙城的街道开始变亮了，清洁工人说终于进入白天模式了。原来，地下龙城是用灯光来调节白天与黑夜两种时间模式的。

我怕被人发现我和玛丽是外来者，连忙告别了清洁工，然后找了一处没人居住的房间藏了起来，并透过窗户观察外面的情况。

不一会儿，有人拿着脸盆之类的工具敲打，嘴里喊着"开工了、开工了"。

随后，从小街两旁走出三三两两的年轻人，他们没精打采，有的瘦得皮包骨头，手里拿着各式各样的工具，跟着敲打脸盆的人朝前移动。

接下来，小街又安静了。街上没有一点人活动的痕迹，更谈不上生机了。就是刚才走出去的人，也没有应有的朝气和活力。

好不容易等到晚上，那些早上出去的人，三三两两回来了，他们每人手里多了一包东西，看样子是领到的食物和水。

当小街上的灯光又暗下去后，我和玛丽开始出来活动，我们准备再去寻找那个清洁工，想从他那里打听到更多的消息。

当然，一直是我在明，玛丽在暗中跟随。

在街的另一头，我看到了那个清洁工，和他打过招呼之后，就开始帮他一起干活，并交流着。

原来，龙城已经进入严重的老龄化时代，不光是所有设备老化，就连龙城的人大多也是老人。这是由于多年来的人口控制导致的，加上物资贫乏，都不敢多生孩子，甚至很多家庭都不再要孩子。

这可能就是我白天看到出来工作的年轻人不多的原因。这些年轻人出来工作，换取食物和水养活一家人，家里的人口越多，能分到的食物和水就越少。家里的老人和小孩为了保存体力，也都基本不出来活动，所以白天龙城的街上看不到什么人。

看来龙城已经是一座死城了。

我问清洁工，有没有听说过一个传说，说地下龙城在运转四百年后，会有一条神秘的通道开启，龙城的人就可以到地面生活了。

我的话一说完，老者就紧张起来，他不仅停下了手中的活，还反复打量着我。

他紧张得有些说不出话来，憋了好久，才说："你？你是龙爷的人？是他派你来打听的？"

我忙解释说："我不是龙爷的人，只是之前听说过这样一个传说而已。"

老者不信："不对，不对，这个传说从来没有出现过，你究竟是何人？"

我不敢轻易说出自己的身份，但这时又没有更好的办法来解释自己的来历，只好说："我是一个局外人，也是来帮助地下龙城的人。"

老者听后，丢下手中的工具，双手抓紧我的手，颤抖起来："真的吗？是真的吗？"

我肯定地点点头："是的，是真的。"

老者把头一仰，控制住要滴下来的眼泪，叹道："我终于等到你们了，终于等到了！"

5

老者坐下，问我："你知道我为什么相信你吗？"

我摇摇头。

他说："因为这个秘密是地下龙城最高级别的秘密，只有每届城主退休时，才会把这个秘密传给继位者。"

我有些不解地问老者："那你是如何知道的？"

老者没有直接回答我的问题："我们龙城的城主是投票选举出来的，五年一选。但大多被选中的城主，都是终生连任，当然是被选中的。从开始到现在，我们龙城一共产生过十位城主。我就是最后那位继承者。"

我大惊，原来眼前的这位清洁工就是龙城的最后一位城主！我忙站起来鞠躬道："失敬，失敬，原来是老城主。"

老者没有动容："可我也是地下龙城的罪人，我没有管理好地下龙城。地下龙城的物资日益紧张，最初储存的食物越来越少，新培育的大棚蔬菜和粮食又供应不上。这时，就有一些私心较重的人不满意这种半饥饿的生存状态，他们开始袭击我们的工作人员，最后控制了为数不多的仓库、粮食种植基地和水源。"

"这些人就是以龙爷为首的恶人？"我问道。

老者点了点头："是的。地下龙城当年入住的都是有素质的文明精英，之后我们也一直重视文明教育，大家都懂得遵守秩序，相互谦让，相互理解和包容。因为能够进入地下龙城而存活下来的人，都是幸运者，这些人非常珍惜来之不易的生存机会。可是，没想到我接手龙城不久，龙城的物资就告急了，这时离我们出龙城还有几十年。我又不能贸然泄露这个最高级别的秘密，而提前打开出去的通道。就在这时，一个自称龙爷的人控制了龙城，把我从办公区赶了出来。他的出现也破坏了地下龙城三百多年的运转秩序。"

"那他们每天组织人去干什么活呢？"我问道。

老者叹了一口气说："唉！他们不知从哪里听到了这个秘密的部分内容，或许他们也是猜测。他们相信有通道可以出去，所以每天分配部分劳动力去大棚种植蔬菜和粮食，余下的人全部赶去挖山洞了。他们不知道地下龙城封城的时限是四百年，更不知道出口在哪里，所以你一提到这个时间，我就明白你的来历了。"

"哦，原来是这样。那你为什么不自己偷偷去可以外出的通道看看？这样或许就有了希望。"我问老者。

老者仰头看天，除了昏暗的灯光，什么也没有。

"我不能这样做，一是怕外面不安全，这样就违背了建地下龙城的初衷；二是万一被那些恶人知道了这个秘密，他们出去了，然后封死了出口，留下我们这些平民百姓，那我不是错上加错了？所以我一直苦苦地熬着，我要坚强地活着，要么等到四百年的期限到来，要么等到可以信赖的人把这个秘密传下去。"

我双手握着老者的手："老城主，外面现在安全了，我们可以出去了，我就是从秘密通道下来接你们的。您等到了。"

老者没有我预料中那样高兴，他抬头问我："我忘了问你，你是当年去外星球的那批人的后代吗？"

我很认真地告诉老城主："我是去外星球之前的一批宇航员，我的儿子去了外星球。我是回来后看到儿子留给我的信，以及他留下的地下龙城的图纸，才找到这里的。"

老城主边听边点头："哦，哦，原来是这样啊。那么你怎么没有变老？这四百多年你是如何过的？"

我只好不厌其烦地跟老城主讲了我们的遭遇，并告诉他达到超光速后的一天，相当于地球上的一年，所以地球上的四百多年，也就是外太空的一年多。

我还告诉了老城主我儿子留下的外星人的核心机密，我们以后也可以在短时间让飞船实现超光速，而不是非得飞越外太空，加速一年多才能实现，这将是一个革命性的技术突破，我们人类将进入真正的穿越时代。

老城主脸上终于有了些笑容："好，好，真是太好了。那外面还有活着的人类吗？你儿子回来了没有？还有最后发射出去的那些飞船回来了没有？"

我被问到了心痛处，只能如实告诉老城主："外面已经没有活着的人类，我儿子和最后发射出去的飞船也都没有回来。并且我们的飞船上只苏醒了两个人，所以地下龙城里的人将是整个地球的希望。"

科学小笔记

穿越时代

"穿越"一词，想必大家一点儿都不陌生，许多小说和影视作品都提到穿越，有些是回到过去，有些是来到未来。英国著名物理学家霍金表示，时光之旅在理论上是可行的，人类可以打开回到过去的大门和通向未来的捷径。而时光隧道也许就是虫洞。霍金说，虫洞就在我们周围，只是小到肉眼无法看见。宇宙万物都会有小孔或裂缝，这种基本规律同样适用于时间。

爱因斯坦也曾提出，世上应该存在让时间慢下来的地方，以及让时间加速的地方。时间在地球比在太空运行慢。只要速度达到光速或者超过光速，就能实现穿越。

老城主听后若有所思："越是这样，我们越是要小心谨慎。你们来得太突然了，整个地下龙城的人都还没有做好出去的准备。如果突然宣布这个消息，场面一定会失控的。你们容我好好想想，明天晚上见面咱们再作商讨。"

老城主最熟悉地下龙城的情况，他有所顾虑肯定有他的道理，我得给他时间来思考这一切。

6

第三天晚上，我和老城主又见面了。

老城主一张口，就让我觉得这个决定太意外了。

"你们只能带着孩子出城，并且要悄悄进行。"

我瞪大了眼睛，不解地问："为什么？成人一个也不带走？你也不走？"

老城主长叹一口气道："这是万全之策。出去的人将是整个人类的希望，我们都不想有恶念的人破坏这个全新的地球。龙爷的人，最好不带出去。他们的祖辈进来时，肯定是经过严格挑选的优秀文明人，可他们现在已经没有良知和道义可言，更没有高度文明的思想和觉悟。白天年轻人要被他们押着去做苦工，只有孩子会集中在学校学习，余下的待在家里的老弱病残将是你们的负担和麻烦，把我们留下来带孩子们走吧！"

老城主的话不是没有道理，我知道他是下了很大的决心，才做出这个决定的。

老城主说道："人都是有双重性格的，每个人心中都有善和恶两面，当这个人善的一面战胜了恶的一面，他就是一个遵守秩序，懂得良知和道义的好人；如果这个人恶的一面战胜了善的一面，那他将无视我们生存的秩序，更不会遵守良知和道义。随着恶的一面扩大，这个人会越来越坏，最后十恶不赦。最可怕的是，这些恶人从来不会意识到自己是坏人。"

我边听边点头赞同老城主的观点："是的，这点我明白，这就是我们的生活中必须多一些正能量的原因。因为这些正能量，就是善的一面，这种正能量越多，影响的人群将越多，那么整个社会，整个人类，就是一个高度文明、高度和谐的大集体了。这不仅是当初修建地下龙城的初衷，更是我们重建地球的希望和目标。"

老城主盯着我说："你明白就好，地下龙城已经组建快四百年，前三百多年都是正常运转的，那时没有自私的人，没有无礼的人，更没有恶人。可谁能想到，最后有人为了多吃一口食物而开始破坏正常的秩序。这些人心中的恶已经战胜了善的一面，并且在扩大，已经无药可救了。"

我很无奈："如果这样，将会有好多无辜的人也没有机会重新回到地面，对他们来说，是不是太不公平了呢？"

老城主淡淡地笑了笑："公平？这个世界从来就没有过公平，只有优胜劣汰。三百多年前的人类末日，不就是一次淘汰的过程吗？这次重返地面，仍然是一次优胜劣汰的过程。我们平时的学习、教育、成长、努力等，都是为了让自己成为一个高度文明的人，达不到这个目标的人，或者无法约束自己做到这些的人，终究会被淘汰、抛弃和孤立。这就是自然生存法则。"

听完老城主一席话，我对他更加敬佩了。我又问道："老城主，那您是不是已经有详细的计划了？"

老城主诡异地一笑："嗯，明天上午，我会让学校的一位信得过的老师带着一百来个孩子去参观垃圾发电站，到时你们在那里接应，我来处理善后事宜。"

我小心地问道："一百来个孩子？这么少？这位老师信得过吗？"

老城主回答道："近几十年来，龙城的生育率降至最低，甚至近几年来已经是零生育了。现在全城才两万多人，孩子也就这一百来个了。至于这位老师，你放心好了，他是我当年的学生，信得过，并且他是我秘密继承人最适合的人选。"

看来一切都已经在老城主的掌握之中，我和玛丽只需要全力配合就行。

7

第四天上午，我和玛丽在垃圾发电站等来了老城主和一百多个孩子，当然还有带队的老师。

为了不让孩子们出现恋家的情况，老城主和老师告诉孩子们，接下来将由我和玛丽带领他们参观发电站，随后去体验一段时间离开家、离开父母的独立生活。

孩子们的兴致很高，也都充满期待。

这时，老师点名一个同学出队协助我们，并告诉我们这位同学是学生会主席，非常能干，非常有责任心。

玛丽在前面带队，我和这个学生会主席在后面。最后我和老城主及老师告别时，老师附在我耳边轻轻地说："学生会主席是龙爷的儿子，但你可以信任他。"

我大吃一惊，这太让我感到意外了。

追上队伍后，我问学生会主席："你如何看待你父亲？"

他有些惊讶，不知道我为什么会突然问这个问题。

"我父亲？他的行为我不认可，并且十分讨厌，他太自私了，我不会学他。我要向我的祖辈学习，成为一个对人类有贡献的人。"他回答道。

这时轮到我惊讶了："你的祖辈？"

他边向前走边回答说："是的，我的祖辈中有一个是宇航员，他驾驶着飞船去外太空寻找新的生存空间，但一直没有回来。他的儿子是一位科学家，传说随外星人移民了，后来也没有回来。但我相信他们都还活着。"

我惊讶得合不拢嘴，忙问他姓什么。

这个学生会主席的回答，让我快要窒息了。

因为他和我同姓。

我又问他祖辈的名字。

他的回答印证了我的推测。

他所说的两个祖辈，就是我和我的儿子！

那么，他是我的后人？那个恶人龙爷也是我的后人？他们真是我的亲人吗？我真的不带龙爷重返地面吗？

我的内心突然矛盾起来，思想斗争异常激烈。因为根据我和老城主的约定，一旦我们重返地面，将永远封死出入口的通道，地下龙城将永远与世隔绝。

不知不觉中，我们已经来到垃圾储存仓外，也就是升降电梯附近。

玛丽和之前隐藏在这里的两个机器人已经分批带出去好多孩子了，我和学生会主席将是最后一批。

就在走进电梯的那一刻，我已经打定了主意，我得遵守和老城主的约定，以大局为重。否则近四百年来的努力就白费了，我们全新的地球需要善良的人类来维持应有的秩序。

我关上了电梯。听着电梯"呼呼呼"地上升，我顿时觉得前所未有的轻松。

我们把孩子带出了山洞，计划分批送回基地。同时，我和玛丽商讨回基地后，得首先给孩子们上全新的一课，让他们明白和了解这四百多年来地球上发生的一切，并且鼓励他们勇于面对和担当，一起努力来拯救地球和人类。

一路上，那个学生会主席帮了大忙，他不停地协助我们管理和协调孩子们，一切都按原计划顺利进行着。

永远封闭地下龙城进出口通道的任务就交给机器人来完成了，机器人可以永远保守这个秘密，并很好地完成任务。

看着这些满脸稚气的孩子，我顿感责任重大，肩上的担子也十分沉重。

8

回到基地后，孩子们沉浸在对新鲜事物的好奇中，毕竟这是他们第一次从地下龙城来到地面，对一切都很好奇。

我和玛丽带着部分年龄稍大的孩子收拾基地的房子，用作教室、宿舍、食堂等。

半个月后，基地有了家的感觉，我和玛丽就像这一百来个孩子的爸爸和妈妈。我们的孩子有各种肤色的，但都说汉语。

一切运转正常之后，我们开始把飞船上实验室里的各种蔬菜、果树移植到大自然中，并在基地附近开荒种粮。毕竟飞船上储存的食物是有限的，不可能永久供我们食用，我们得尽早解决自给自足的问题。

我们还把实验室里的动物也移到了室外，建了饲养圈，把羊、兔子、狗、鸡、鸭等动物像原来一样圈养起来。

之后，我们又对狗进行了一些训练，让它们成了我们的朋友和帮手。

半年后，我们吃上了自己种的蔬菜和新鲜的肉、蛋，第一批粮食也快丰收了。孩子们已经养成了良好的生活习惯，懂得遵守文明的秩序，并从远离父母和家人的悲伤中走了出来。在这个大集体中，他们相互鼓励、相互帮助、相互安慰、相互理解和包容，一起成长着、进步着。

时间过去了这么久，飞船上的队友再也没有醒来的，有的队友的身体甚至已经出现了腐烂的迹象。

我猜那是因为我们进休息舱太频繁，每开一次飞船的休息舱，就会把无数的细菌带进来。要知道，原来这里都是无菌的空间。

最后，我和玛丽只能痛苦地决定把已经完全没有苏醒希望的队员埋葬。我们给他们举行了葬礼，并按照传统的火葬方法，先火化，然后收集了部分骨灰埋进土中，再竖上一块简单的墓碑，让孩子们和后人都记住这些英雄。

余下的炭灰和骨灰则用作肥料种地，相信这些肥料一定可以帮助长出肥壮的庄稼。

我们这样做，还有一个原因，就是要让孩子们用平常心去面对生老病死，让他们知道这是自然规律，谁也逃脱不了这个规律的约束。所有的身外之物都是生不带来，死不带去的，心中少一些贪恋，多一些知足，就会多一份快乐和善良。

另外，这样做也是为了让孩子们对生命心存敬畏，珍惜活着的美好时光。

我和玛丽商议接下来得鼓励接近成年的孩子开始学会独立生活，引导他们结婚生子，甚至是搬离基地，自己建房立户。因为这样才是完整的人生，这样才会慢慢形成集镇，人口才会增加，人类才能得以繁衍和发展，我们的使命也才能顺利地完成。

玛丽自嘲说："我们现在不仅充当了父母的角色，还充当了老师和领导的角色，甚至在未来还得充当领袖和爷爷奶奶的角色。"

一切按照我们的计划进展着。然而，一件突如其来的事情，打破了持续许久的平静。

9

大约是在我回到地球两年后一个秋天的午后，我正在午睡，一阵细细密密的轰鸣声将我吵醒，这声音分贝不是很大，但频率很高，声波震得我心里发慌。

我马上起床，大脑迅速从睡意中调整过来。这声音太奇特了，肯定不是大自然的声音，应该是机器的声音！

我突然意识到什么，一个箭步冲到了屋外。

只见硕大的基地跑道上，有大大小小十几个圆形飞行器，有的刚刚停稳，有的还在下降。

我惊讶得嘴都合不拢了，玛丽和孩子们也都跑出来好奇地看着眼前的一切。

就在我们诧异时，飞行器的舱门打开了，从里面走出来一个怪异的人，他也有鼻子、眼睛、嘴巴和耳朵，但和我们人类的不一样，他的身体也不是强壮的，而是纤细的。

接着，又从飞行器中陆陆续续走出来好多这种怪异的人，或者应该叫怪物才对。

其他飞行器的舱门也都慢慢打开，无数这种怪异的生物走了出来。远远望去，整个基地密密麻麻地分散着这些不明飞行器和不明生物。

我们惊得说不出话来，不知如何是好，更没有躲避的意识，因为他们也没有做出伤害我们的行为。

难道他们就是传说中的外星人？

我正思考着，一群和我们人类长得一样的人跑了过来。近了，近了，更近了，这时我才注意到他们。对，他们就是我们的同类。

人群中走出来一个和我年龄相仿的高个子男人，不对，不仅年龄相仿，长得还和我挺像！

我仔细打量着他，他也仔细打量着我，我们都没有说话，或者是在等对方先开口。

这时大家都停住了脚步，整个基地恢复了寂静，就像定时器定住了大伙，这场面有点瘆人，让人后背直冒冷汗。

我们就这样持续了近一分钟。

"你是……儿子？"最后，我还是忍不住问道。

"您是父亲！"

我们紧紧地拥抱在一起，大哭起来。此时此刻，不需要任何语言，我们就想这样拥抱着。

我的儿子从外星球回来了，一起回来的还有当时移民的六百个地球人，以及无数个外星人。

外星人遵守了承诺，他们帮助六百个地球人躲过了灾难。

现在，我们也要遵守诺言，允许他们和我们地球人一起在地球上生活。

这下可热闹了，同时我们充满希望。

外星人的生活习惯和我们地球人不一样，他们习惯分区域生活，但我们地球人习惯集体生活。然而不管怎样，我们都一起努力解决着生存中的难题，就像邻居一样。

接下来，大家一起开荒种地，一起修建小木屋，一起开渠引水，一起上山围猎，一起平均分配食物。

也许你们觉得我们过着和祖先一样的原始生活。

那你们就大错特错了。我们现在是高起点，有先进的科学技术、成熟的理论、丰富的经验，有飞行器、机器人等先进的装备，还有外星人帮助。

正因为有了前车之鉴，我们现在做任何事情之前，都是先考虑环保问题和安全问题，不再去碰触核能量，而是大量使用太阳能、风能、水能和空气能等清洁能源。

我们在和外星人商议后决定，在人类和外星人中各选一个优秀的人出来，竞选地球上的新领袖。我们都同意这个新领袖的名称叫"总统"。

很幸运的是，在几轮演讲和大众投票之后，最后我儿子得票最高，成了新地球上第一任总统，也是第一任由两个星球的人选出来的总统。

这下儿子更忙了，他想尽快完善各种法律、制度，尽快重建家园，让大家过上安居乐业的幸福生活。

在一次会议上，我们终于得知当年一起发射出去的飞船和外星人的飞船中断了联系，更没有安全到达外星人的星球。看来，他们能回来的概率非常小。

在这次会议中，大家再一次提到了地下龙城，并举手表决地下龙城余下人的命运。让人意外的是，最后全票通过坚持原决定。

看来，大家都尝到了不遵守社会正常秩序的苦头，不愿意再冒险把这个全新的地球交给那些心中有恶念的人。

我们在新总统的带领下，开始全面重建家园，朝着理想的生活方式努力着。

幻想照进现实

地球遭遇重大危机，400年后，前往地下龙城生活的人类和飞往外星的人类都得以生存下来，最后重返地面、重回地球开始了人类在地球上的新纪元。如此看来，只要地球环境不遭到不可逆转的破坏，只要地球不爆炸，不改变其生态环境，人类都有办法得以生存，不至于像恐龙那样灭绝。

神秘研究所

我再次清醒时，发现自己并不是在家里，而是在一个狭小而密封的空间。这是哪里？我一时猜不出来。这儿既不像酒店，也不像旅馆，倒有点儿像牢房。

1

不知从什么时候起，许多成人开始失踪。通过大数据分析得知，这些失踪的人大多是顶尖的科学家，并且是研究生命生物方向的。他们在不同的环境下，在不同的时间里，陆陆续续失踪了。有在家里失踪的，有在上班的路上连人带车一起失踪的，还有的甚至是在飞行途中，和整架飞机一起失踪了。

警方对此束手无策，因为他们找不到任何破案线索。

这些失踪案件看上去不像绑架，不像复仇，也不像意外，但这些人就是这样毫无理由地消失了！谁也说不清他们是如何失踪的，他们去了哪里，怎么样了，是否还活着。

这些人的失踪，如果要找共性，那就是他们失踪时，天空都出现过一道异常的光波。这道光波不像闪电，因为闪电持续的时间短，而这道光波持续的时间长则几十秒，短则十几秒。

一开始，这种情况并没有引起多少人注意。因为没有血腥的场面，也没有震撼人心的画面，一切太过平静和平淡，不易让人察觉出异样。

但随着失踪科学家的人数不断增多，这个数据和现象被人发现并公之于众，开始在社会上引起不小的反响。

这个反响仅限于人们茶余饭后的谈论，或者部分有识之士大胆的假设和推理。对这些科学家失踪的原因，众说纷纭，谁也不服谁的推断，争来争去，还是毫无头绪。

当然，这么大的事情也引起了政府的高度重视。但他们的侦破和勘察进行到什么程度，因没有公布消息，谁也不知道。

这件事也引起了我的关注。并且，经过慎重考虑，我着手调查这件事情，想从中发现点什么。

2

我只是一名极为普通的探险爱好者，去过很多无人区，走过很多神秘的地方，有一定的胆识和心理素质，并且有一定的科学常识和野外生存技能。

科学小笔记

光波

光波通常指电磁波谱中的可见光，包括红外线，它们的波长比微波更短，频率更高。

我爱上探险，原因非常简单。我就是想看别人没有看过的风景，走别人没有走过的路，到别人没有到过的地方。当然，我也非常清楚，要在探险的路上一直走下去，我必须吃别人没有吃过的苦，经历别人没有经历过的苦难，承受别人没有承受过的风险和压力！

曾经，有很多人问我的勇气从何而来。

我仔细想了想，觉得有三点：第一是心怀梦想，我从小就梦想着去外面的世界看看，这种力量太强大了；第二是我有强大的好奇心，想知道那些神秘的地方是什么样子；第三是我读了非常多的书，有一定的知识储备，变得自信起来。

现在，因为强大的好奇心，我要独自去调查科学家失踪的事件。

我先是走访了失踪科学家的家庭和单位，查看了他们每天上班和下班的路线，想从中发现蛛丝马迹。但我失望了。

我又开始从他们的个人爱好入手，从他们的业余生活中找线索。结果，我发现这些科学家中有业余爱好的寥寥无几，他们的业余生活十分单调。因此，我也没找出有价值的线索。

就这样，我折腾了大半年，仍然一无所获。

在我准备放弃的时候，事情出现了转机！

3

我也"失踪"了。

准确地说，我是被绑架了。

记得那天我调查线索回来，用打车软件打了一辆专车。上车后我就迷迷糊糊地睡着了。这些年来我一直有个习惯——任何时候都不会睡得太沉。这是在野外多年养成的坏毛病，因为在野外危险重重，如果睡得太沉，很容易被猛兽吃掉，或者是自然灾难来临时无法第一时间发现而陷入危险。

记得那天我是在车停稳后才下车。我习惯性地从小区的后门回家，这里平时进出的人少，显得安静。突然一道奇亮无比的光波出现，晃得我睁不开眼，后面的事情我就记不清楚了。

我再次清醒时，发现自己并不是在家里，而是在一个狭小而密封的空间。这是哪里？我一时猜不出来。这儿既不像酒店，也不像旅馆，倒有点儿像牢房。

这个空间只有七八平方米，墙上全是软软的内置海绵包裹的皮革，米黄色，有点儿像沙发。里面有一张单人床、一张小写字台，还有台灯，角落里还有一个简洁的卫生间和面盆。

我发现我的手机不见了，腰里的钥匙串不见了，背包也不见了。

就在我费解时，写字台对面那面空白的墙上，突然显示一个

神秘研究所

门框的图案。接着，门中间开了一个窗口，一个密封的白色盒子被递了进来，并伴有提示音："晚餐时间到了，请取晚餐。"

我忙走过去将盒子接了过来，并迫不及待地问道："您好，这是哪里？你们为什么把我带到这里来？"

对方没有回应。

当我伸手接过盒子后，那个窗口自动关上了，之前显示的门框图案也消失了。在窗口自动关上的时候，我弯腰看到了外面，来送餐的不是人，而是一个机器人。外面走廊的墙面和屋里的一样，全是米黄色皮革材质的。

我回到写字台前，打开盒子，发现里面有几片面包、一小盒牛奶、两根火腿，还有一个苹果和一个橙子。这时我才感到真的饿了，三下五除二就把这些吃食全解决了。

可我心中的疑团仍然没有解开，也不知问谁，只能胡思乱想，在大脑中推断种种可能。

4

第二天早上，送来的早餐有滚烫的鸡蛋、煮熟的红薯和土豆，以及一小包辣椒酱。中午还有鸡腿和大米饭。

这里的吃食不差，对此我没有任何意见和想法。可是，这里一直没有人出现，让我百思不得其解。

直到第五天，那个平时看不见的门框再一次出现。这次打开的不是门中间的窗口，而是整扇门，这让我瞬间看到了希望。然而，走进来的仍是一个机器人，而非我期望看到的人。

我开始怀疑自己是不是被机器人绑架了！

机器人说话了："你好，请你配合我们。放心，我们不会伤害你，你是我们的朋友。"

我问："你好，这是哪里？为什么要带我来这里？"

机器人回答说："这里是冷湖研究所，现在我们要对你进行身体检查，请跟我来。"

在这里被关了多天，我早就想出去活动一下，并打探打探这里的情况。于是，我跟着机器人走了出去。

他带我进了好几个满是机器和仪器的房间，我听他的口令，一会儿抬腿，一会儿伸手，一会儿深呼吸，一会儿闭眼深

科学小笔记

送餐机器人

目前来看，送餐机器人普及的趋势越来越明显。随着人口老龄化的来临和人口红利的消失，餐饮业的服务员岗位遇到招聘瓶颈，人们都不再愿意从事服务员这样工作强度大、工作环境差、社会地位低的职业。许多餐厅都配备了机器人。送餐机器人得以飞速发展，目前市场上已经有相对成熟的产品了。

思，一会儿想你最想知道的事情……

我发现他们并没有恶意，也就全力配合着。结果证明我的推断是正确的，他们并没有伤害我，只是对我做了一系列的检查和测试。

在配合做相应的检查时，我透过玻璃看到在后台操作相关仪器和设备的，有机器人，也有人类。我问了好几个问题，带我来的机器人都提示我不要说话，说会影响检查的准确性。

于是，我只能忍住了。

在这个机器人送我回房间的时候，我再一次问他："你们是谁？我还在地球上吗？"

机器人在送我进房间后，转身的时候开口道："我们是E星人，现在我们都在地球上。"

"E星？那是什么星球？"我顺口追问。

"E星就是你们人类说的火星。"

机器人没有回头，他最后的声音是透过墙传进来的。我再问，外面就没有了答复，看来他已经走远了。

5

接下来的几天，他们依然正常给我送餐，每天带我去做在我看来毫无差别的体检。我问的问题再多，接送我的机器人都只回答最简单的几个问题。看来，我想得到更多的答案，通过这个机器人是没有希望了。

虽然他们没有伤害我，甚至待我还不错，但我不想就这样稀里糊涂地被关在这里，像个实验品一样天天接受他们的检测。

我的好奇心驱使我做出一个大胆的决定：我要逃跑！

平时不行，屋子里几乎找不到出口；送餐的时候不行，因为窗口太小。只能是我去体检的时候，那个时候可以出门，并且机器人没有捆绑我的腿和手，我的行动是自由的。

在又一次的体检过程中，我并没有按照引路机器人的指引，去相应的房间接受检查，而是四处寻找出口。最终，我失败了，因为我没有找到出口。

这里似乎很大，左转右转都找不到尽头，每个区域和房间都大同小异。我在寻找出口时，机器人并没有追过来抓我，这挺出乎我的意料。不过，后来想想我就明白了，因为他知道我根本跑不出去。

但这次"逃跑"也是有收获的。我在其中几个狭长的像走廊的地方，看到了墙上有玻璃，透过玻璃可以看到外面。你们猜我看到了什么，我看到了戈壁和沙漠。

对，就是戈壁和沙漠！

对戈壁和沙漠，我一点儿也不陌生，我曾经七进沙漠，成功穿越过中国最大的无人区——罗布泊，体验过八级沙尘暴，

遭遇过迷失方向，还遇到过流沙。

可是，这里的沙漠是在哪个区域？我不得而知。

但我可以肯定，这里是普通人发现不了的地方，一个神秘的地方。

6

就在我不知如何是好的时候，事情又出现了转机。

我被机器人带到了一间会议室，里面坐了十几个人，每个人面前都有一个类似笔记本电脑的东西。我进去时，有人在盯着我看，有人在盯着电脑屏幕忙碌，还有人在轻声交谈着。

这时，我发现了一个惊人的秘密：这十几个人，大部分是那些失踪的科学家！因为我调查过他们的失踪，所以对他们的外貌非常熟悉，甚至知道他们失踪当天穿的什么衣服。

经过几位科学家身边时，我轻声叫出了他们的名字，和他们打着招呼。

他们轻声地回应着，并没有因为我能叫出他们的名字而惊讶，更没有因为我的出现而惊讶。他们也没有失忆，因为他们都回应了，知道自己是谁。

这就让我更加疑惑了。

当我坐下来后，其中一个像是领导的人开始说话。接下来很多人相继发言，甚至中间出现了多次争论。开始，我一头雾水，但慢慢就听明白了。

原来，他们在做一项最新的科学研究。而我，就是他们的研究对象，也可以说是他们的实验品！但主导这项科学研究的不是人类，而是E星人。

他们的研究课题是：当人类的好奇心达到什么程度时，才会做出相应的决定和行动。

因为他们发现，科学家和发明家与正常人相比，最大的区别就是好奇心强。开始他们是相互研究，通过检测心电、血压、神经系统等人体多个数值的变化，来测算好奇心的百分比。就在他们相互之间研究毫无进展的时候，我进入了他们的视野。

这时，他们发现我的好奇心比他们更强。于是，他们偷偷调查了我的资料。他们发现，驱使我这些年不断探险和探索的原因，就是我有巨大的好奇心。而好奇心的力量无穷大。

他们还得出结论，探险探索与创新发明之间有太多的相似之处。首先，两者都需要极大的好奇心；其次，两者都是对未知的世界进行探索和发现。

于是，我也被他们带到了这里。

但我究竟是如何被他们抓到这里来的，我始终没有弄明白，因为他们很少提到。但我听到了两个陌生的词语："瞬间转移""光波"。"瞬间转移"可能是E星人的一种高科技手

段，可以瞬间移动物体、传输物体。而"光波"是用来做什么的，我始终没有弄懂，但我知道每次有人失踪时，都会出现的那道异常的光。

通过对我最近一系列的数据测算，他们已经掌握了相应的公式和评定标准，发现我刚来时，好奇心虽然很强但趋于稳定，后来经过多次检测后，好奇心越来越强，当最后做出逃跑决定时，相应的生理数值达到了顶峰。

天哪！他们这是要干什么？

难道他们想通过测试人类的好奇心来培养科学家？或者控制人类？或者来挑选能为他们所用的人才？还是……

我知道这些问题从这里得不到答案，只能另想他法。

科学小笔记

瞬间转移

瞬间转移是指在意念的控制下，一个人由其所在的地方在一瞬间到达所想的目的地。实现这种技术一直是广大科幻迷的梦想。那么，这种技术会成为现实吗？

目前，科学家已经证明了瞬间转移技术是可行的——至少在亚原子（比原子还小的粒子）尺度上可以实现。俄罗斯政府宣布计划耗资百万亿卢布，在2035年前完成相关技术的研发，使瞬间转移技术成为现实。

7

几日之后，我没有被他们再次送去检查身体，而是被送到了一个密封的巨大圆形空间里。在这里，每个人都被要求进入一个极小的空间，然后有机器人过来将我们固定。接着，我就进入了深度睡眠。

等再次醒来时，我发现环境全变了！和之前住的小房间不一样，这是一个全新且陌生的地方。

这里有不同肤色、不同人种，说着不同语言的人类，大家都是一副惊恐状。

通过交流我们得知，这些人的经历跟我的经历大同小异。这些人中，有探险家，有私家侦探，有高级特工，有江洋大盗，有科学家，甚至有犯了偷窥罪的犯人。

这些人有一个共同的特点，那就是都是好奇心极强的人。

并且，大家都说自己来自冷湖研究所。

最后，经过一番推理，我得出一个结论：这些人分散在地球不同的角落，他们不可能来自同一个研究所。也就是说，E星人很有可能已经在地球上建立了无数"冷湖研究所"，他们把好奇心最强的人抓去做研究，再把最有价值的人集中起来，做进一步的研究。

很快，我的推理就被证实了。因为接下来E星人召开了一

神秘研究所

次大会。

大会开场时，一个高大无比、像机器人又像人类的"人"站在最前面，用厚重得不像是声带发出来的声音说："欢迎各位来到火星冷湖研究所总部！"

啊？我已经来到了火星？

这里还是冷湖研究所的总部？

科学小笔记

青海冷湖火星营地

文中多次提到火星冷湖研究所，你以为这是作者胡编乱造的吗？事情的真相是，火星冷湖基地是真实存在的！在我国青海省海西蒙古族藏族自治州茫崖市冷湖地区，就有一个集科学、科普、科幻于一体的未来世界，它的名字就叫作冷湖火星营地！它是中国首个火星科技研学实践教育营地，以2040年人类在火星和平谷地建设"火星移民先锋基地"为总目标，围绕"生命科学、天体物理、航天器设计、地球物理、计算机工程"等领域，针对青少年群体设计、研发、推广系列STEM课程，培养青少年在科学(S)、技术(T)、工程(E)、数学(M)范畴跨学科、探究式学习、解决实际问题的能力，以模拟火星的真实场景，结合体验式教学的形式，激发青少年探索宇宙的兴趣。

8

看来，我的推理是正确的，一切与冰湖研究所有关，他们把我们抓到研究所的总部，是要干什么呢？太多的疑问困扰着我，我努力寻找着答案。

一天，我被带到了地下室，在这里，我遇到了很多科学家，大家在进行一项有关火星冰湖的研究。他们要在火星冰湖里"制造"出适宜环境的生物，把火星改造成适合人类和其他生物居住的星球。

E星人给我做了全面的介绍，并邀请我加入他们的研究，说我的奇思妙想会对他们有帮助。我半信半疑，但我没有其他选择，逃是不可能的，他们不会轻易让我离开，我只能答应留下来。

经过多日的思索，我建议他们用人工智能技术制造出机器生态系统：先把一些极小的纳米机器人投放进冰湖里，纳米机器人会收集相关物质组成身体，成为灰虫子，灰虫子再驱动身体"进食"矿物，生成有机物。此时，新一代的纳米机器人就可以以此为原料，制造出有机的生命体。

我的计划被通过，首先开始在实验里进行模拟，最终获得了成功。实验的相关数据被确定后，纳米机器人被发射到了火星。

神秘研究所

然而，在系统的运行中，我发现一些底层数据被人篡改了。而这件事的始作俑者竟然是我在这里认识的一个朋友何康慈，事情败露后他被投入了监狱。

我质问何康慈为什么要这么做，他告诉我，这里是火星人的秘密基地。火星之前环境宜居，有高等生命存在，但后来环

科学小笔记

纳米机器人

"纳米机器人"是机器人工程学的一种新兴科技，纳米机器人的研制属于"分子纳米技术"的范畴，它根据分子水平的生物学原理为设计原型，设计制造可对纳米空间进行操作的"功能分子器件"。纳米机器人的设想，是在纳米尺度上应用生物学原理，发现新现象，研制可编程的分子机器人。

在美国科幻大片《惊异大奇航》中，科学家把变小的人和飞船注射进人体，让这些缩小的"参观者"直接观看人体各个器官的组织和运行情况。其实在现实中，科学家根据分子病理学的原理已经研制出各种各样的可以进入人体的纳米机器人，有望用于维护人体健康。目前还处在试验阶段，大到几毫米，小到几微米。但可以肯定的是，未来几年内，纳米机器人将会带来一场医学革命。

境恶化，火星人移民地球，混迹于人类之中，他们表面上是在开发火星，其实是要重返火星并以火星为基地，占领地球。

何康慈还告诉我，他也是火星人，但他愿意帮助地球人。

我向研究总部负责人建议，建立接收天线，修改纳米机器人的数据。负责人同意，向火星发射接收器。当然，我的提议并不是为了恢复火星冰湖生态圈，而是要彻底摧毁它。

我暗中修改了冰湖生物链中的重要一环——顶级掠食者的代码，它们会变异，发狂，吃掉所有生物，而自己最终也会被饿死。

看着我一手制造的生态要毁于一旦，我有点儿于心不忍。

有人感到了我的异常，发现了问题。

我也被投入监狱，可冰湖的状态已经失控了，火星人已经无法阻止掠食者的杀戮。

研究所总部的负责人告诉我，我的一举一动都在他们的监视之中。他们之所以不阻止，是因为我这项举动能把火星的能量收集起来，为他们所用，而他们可以用这样的能量摧毁地球。我这时才知道，负责人也是火星人。

何康慈用零件攒出了一个机器鼠，机器鼠成功越狱，修改了本来用于登陆地表的两栖动物响尾蟹的代码，响尾蟹开始攻击灰虫子。

灰虫子没了，有机物停止"供应"，整个冰湖生态坍塌了。由于缺乏足够的"材料"，变异版的掠食者最终没有出现。我还下令让响尾蟹连续攻击冰湖底部，导致火山爆发，彻底摧毁了冰湖生态系统。

负责人气疯了，想杀了我。何康慈制作的机器鼠溜出去报警，警察在紧急时刻赶到，我们终于获救了，负责人和他的火星人同伴被拘捕，一场蓄谋已久的阴谋被破坏，同时敲响了我们保护地球、保护自然生态的警钟。

幻想照进现实

　　火星是位于太阳系宜居带边缘的一颗星球，是太阳系最有可能出现地外生命的星球。因此，人类对火星的探索从未停止，对火星是否存在智慧生物也一直保持着好奇。本文中，由神秘火星人控制的神秘研究所让我们仿佛身临其境地感受到了火星文明的发达。那么，火星上是否有这种高度发达的文明呢？这依然是未解之谜，人类目前甚至都没有在火星上找到生命存在的证据。

海底世界大战

看到黄色的树鱼，兰林呆住了，他有点儿不敢相信自己的眼睛。树上真的会长出鱼？这也太不可思议了！但黄色的树鱼在水里欢快地游来游去，仿佛在嘲笑他的无知。

1

陈今生在实验室里通宵达旦地工作，他揉着充满血丝的眼睛说："我偏要让树上长出鱼来！"

人类破译了一个又一个生命的基因密码，世界从此进入了基因时代。陈今生就是一位基因学家，他最先用基因技术培养出了一种全身是宝的农作物：通米。

通米根部是甘薯，茎部是甘蔗，秆上光秃秃的，既少了叶子浪费营养，又可以密集种植，秆顶还顶着一株沉甸甸的米穗。

植物基因杂糅成功之后，陈今生的下一个目标是植物和动物的基因融合。

这个计划遭到了其他科学家的嘲笑，其中有位叫兰林的科学家说他这是在树上种鱼，不可能成功。

陈今生暗下决心：一定要让树上长出鱼来！他甚至为这个

新品种起了名字：树鱼。

鱼离开了水就无法生存，鱼即使从树上长出来也会马上死去，这可如何是好？能不能找一种可以生活在水里的树？

没过多久，陈今生终于找到一种生活在水里的树：罗米藕。

种鱼实验开始了。

2

陈今生从鱼身上提取出活性细胞，然后注射进罗米藕体内。这一切都要在水里进行，不过不要紧，因为陈今生此前已经

科学小笔记

基因密码

我们人体里各种组织的每一个细胞都有一套基因密码。基因密码储存在细胞核里的脱氧核糖核酸(DNA)的分子中。

DNA是个神奇的东西，它存在于任何生物中，包括植物。DNA是双螺旋结构的，在高倍显微镜下看起来像一团乱麻，互相缠绕着，非常混乱。事实上它是一串十分精确的编码。这个编码串的构成用G、T、A、C这4个字母表示，不同的字母代表了不同的碱基，这些碱基的排序密码就决定了动物或植物的长相、习性、健康状况。

海底世界大战

演习过多次。今天他穿着潜水服，在水里一口气就完成了注射。

注射了鱼细胞的罗米藕成了陈今生的宠儿，几十个日夜，他都坚持一个小时观察一次，看看有什么新情况。

出人意料的是，陈今生的汗水竟然没有白流，树鱼真的诞生了！黄色的小鱼从罗米藕的果实里钻出来，进入水世界，它们欢快地甩着尾巴，到处游动着。一共有四条。

实验成功后，陈今生第一时间让兰林见识了树鱼。看到黄色的树鱼，兰林呆住了，他有点儿不敢相信自己的眼睛。树上真的会长出鱼？这也太不可思议了！但黄色的树鱼在水里欢快地游来游去，仿佛在嘲笑他的无知。

兰林是个爽快人，知道自己错了，就郑重地向陈今生说了句"对不起"。陈今生看兰林认错了，也就和他一笑泯恩仇，还说要把树鱼送给兰林。兰林开玩笑地说："你不怕我拿树鱼换诺贝尔奖？"

陈今生开怀大笑道："树鱼如果能拿诺贝尔奖，那这个奖也该归你。"

兰林疑惑道："这是为什么呀？"

陈今生说："如果不是你刺激我，我怎么可能会培养出树鱼呢？"

兰林脸上红一阵，白一阵，但他还是想要树鱼，就接过装树鱼的鱼缸，回去了。

陈今生送了三条树鱼给兰林，自己只留了一条。

其实，兰林心中另有算盘，他要好好地研究一下，看这树鱼是否是假冒产品：是否真是树上长出来的鱼？

兰林把树鱼带到实验室，经检测发现鱼体内有罗米藕的基因片段。他这才心服口服。

3

兰林把树鱼带回家，还请朋友好好地装饰了一下鱼缸，做成了一个美妙的水族世界。如果潜水员缩小后进入鱼缸，肯定以为自己误入龙宫了。兰林还煞费苦心地给三条树鱼分别起了名字，叫大林、小叶和蜘蛛侠。

当然，水族箱里只有这些树鱼，难免单调了一点，兰林打算再买点鱼来陪衬树鱼。他到一个水族馆里，精挑细选了好久，才选中了三条漂亮的观赏鱼。其中，有条金鱼尾巴上有黑

科学小笔记

水族箱

水族箱又叫"生态鱼缸"，是为观赏用、专门饲养水生动植物的容器，是一个动物饲养区，通常至少有一面为透明的玻璃或高强度的塑料。

色条纹，就像穿了燕尾服，兰林给它取了个有诗意的名字：金丝燕尾。

水族馆的女老板还教给兰林一个玩法：用一个U形玻璃管把两个水族箱连起来，这样两个水族箱里的鱼就可以"串门"了。

说着，女老板拿出U形管，给兰林演示了一番：先把U形管注满水，然后两手捂住管口，再将U形管倒扣在两个水族箱上。由于气压的作用，U形管里的水也不会倒流出来，两个水族箱上方就有了一条水路。

兰林看着漂亮的金鱼钻进U形管，往另一个世界游去。他觉得挺有意思的。看起来，金鱼都对外面的世界抱有幻想，以为通过管道可以到达一个衣来伸手、饭来张口的水世界呢！

精明的女老板说U形管不要钱，赠送。不过，既然有了U形管，兰林不得不又买了一个水族箱。

4

兰林抱着水族箱回家了。刚到家里，他就把两个水族箱放在一起，摆弄起U形管来。兰林的动手能力很强，不一会儿"浮桥"就建好了。只见几条树鱼在这边的管口处张望，漂亮的观赏鱼在那边张望。

还是树鱼胆大一些，望着管口蠢蠢欲动。但它们或许以为独自出去闯荡风险系数太大，就三条鱼结伴同行，主动进入U

形管，向另一个世界游去。

树鱼到了另一个水族箱里，惊讶地看到三条和它们完全不一样的生命。树鱼对金丝燕尾产生了兴趣，它们把金丝燕尾围起来，用尾巴在金丝燕尾身上蹭来蹭去。

兰林看到树鱼欺负他的金丝燕尾，有些生气，决定给这些树鱼一点儿颜色看看。他把左手伸进水族箱，想驱散树鱼。

谁知，他的手伸进水里后，却成了树鱼们攻击的目标！树鱼以为他的手是从天而降的食物，纷纷冲上来咬。三条树鱼中，数蜘蛛侠动作最快，它一口咬住了兰林的指头。那种类似于被老鼠咬的剧痛让兰林大叫一声，连忙把手拿出来。让他没想到的是，蜘蛛侠竟然咬得那么紧，居然没有松口，被带出了水面。

兰林的右手连忙帮忙，才制服了蜘蛛侠，将它打落在地。兰林打了个寒战：左手食指上竟然被咬出两个小洞，正向外冒着血。如果这是条大鱼，会咬人也不奇怪，可要知道，这些树鱼才出生不到十天呢！

这时，兰林的眼角余光看到水族箱里有些异样，他转头去看，发现金丝燕尾已经暴尸水面，一团鲜血在不断和水融为一体。另一条观赏鱼也被咬死了，只剩下一条受惊的小鱼在水族箱里慌张奔逃。大林和小叶在小鱼后面穷追不舍，看样子，这条可怜的小鱼也坚持不了多久了。

兰林想制止大林和小叶，但发现自己有点儿力不从心，只能眼睁睁地看着最后一条观赏鱼被活活地咬死。水族箱成了屠戮场，U形管成了帮凶。

兰林本以为树鱼是温驯的动物，没想到竟然如此凶残！水族箱里浑浊了，兰林也懒得去换水了，他想让树鱼自生自灭。

兰林想起刚才蜘蛛侠被他带出了水面，他在桌面桌底仔细地搜索了一遍，却什么也没发现。

"奇怪，鱼又没有脚，难道它还跑了不成？"兰林疑惑地自言自语。

5

当天晚上，兰林在睡梦中听到一些细微的声音，像是摩擦发出来的，又像老鼠吃东西的声音。兰林一骨碌坐起来，打开灯，却看到了惊人的一幕：蜘蛛侠还没有死，它正在啃桌子上一块没吃完的面包！兰林猜测，树鱼没有腿，它应该是靠身体的收缩前进的，像蛇一样。但为什么它离开水这么长时间，还没死呢？

灯亮后，蜘蛛侠马上就躲起来了，兰林看到它行动迅速，好像不是靠身体的收缩前进的，而是长出了腿！

兰林睡不着了，他起床到处寻找。但他怎么也找不到蜘蛛侠了。他又来到水族箱旁，看到三条观赏鱼已经被两条树鱼瓜分了。兰林看到树鱼的鳍发生了变化，已经有点儿像腿了。而且，由于水族箱里缺氧，树鱼竟然浮出水面，张开嘴直接吸取空气中的氧气。

"难道它们有肺？"兰林睡意全无，觉得树鱼不应该有这么强的攻击性。他原以为树鱼是以植物为食的。

很快，他发现黄色的树鱼身上有了黑色的条纹，不似之前的通体金黄。

6

第二天一早，兰林就给陈今生打电话说起树鱼的情况。陈今生听说树鱼如此具有攻击性时，也大吃一惊。他来到培养树鱼的水缸前，死死地盯着仅剩的那条树鱼。

由于这里只有一条鱼，没有攻击的对象，他看不出树鱼有

科学小笔记

神奇的基因工程

基因工程，又称基因拼接技术和DNA重组技术，它可以将不同来源的基因按预先设计的蓝图，在体外构建杂种DNA分子，然后导入活细胞，以改变生物原有的遗传特性、获得全新品种、生产全新产品。

什么攻击性。但他发现这条鱼身上也有了黑色的条纹。

陈今生对树鱼仔细研究了一番，结果令他相当吃惊：树鱼体内不只含有树和鱼的基因，竟然还有虎的基因！

怎么会这样呢？

经过一番细致的调查，陈今生终于知道了原因。原来，他把鱼细胞往罗米藕体内注射时，注射器没有清洗干净，里面残存有上次做虎鸡实验时留下的虎基因片段。难怪树鱼具有强烈的攻击性呢！

7

鉴于树鱼具有强烈的攻击性，陈今生建议兰林把树鱼送回实验室。兰林答应了，他抱着装有两条树鱼的水族箱下楼，想把它们送回实验室。

下楼梯的时候，兰林不知怎的，一脚踩空，摔倒了。水族箱摔破了，树鱼在地上跳着。看起来，它们还不太会用腿。

但这些树鱼毕竟和虎有点儿关系，很快它们就适应了地面环境，用腿行动起来。兰林不甘心就这么让它们逃了，用手卡住了小叶。但树鱼似乎特别有团结协作精神，大林看到小叶有难，就赶过来帮忙，朝兰林狠狠地咬了一口。

兰林大叫一声放开了手，两条树鱼趁机逃跑了。

这是兰林第二次被树鱼咬，他呆呆地望着指头上的小洞，大脑空白了几秒。

8

两条树鱼很快就适应了陆地上的生活，学会了用肺呼吸，学会了用脚行走。它们现在就像蜥蜴那样灵活地从楼梯跑了出去，兰林张大嘴愣在了原地。

楼梯口外有一片草坪，在树鱼看来，这就是一片森林。它们加快脚步冲进了"森林"，好少受一点儿太阳的照射。因为它们毕竟是水中诞生的生命，经不起太阳直射。

树鱼刚刚离开水，还不能自如地控制腿，于是它们打算先在"森林"里适应一段时间，再出去闯荡。

很快，一个星期过去了，两条树鱼也适应了陆地生活。

也许是上天有意考察它们的适应情况，这天，一位不速之客突然到访。

9

不速之客是一只巨大的老鼠。因为大林和小叶身上已经呈现出了虎的特征：黄色的皮肤，上面有黑色条纹，与猫有几分相似。平日被猫欺压的老鼠看到这样的"袖珍猫"，顿时觉得自己有能力报仇雪恨了。

这只老鼠名叫坦克，坦克的儿子就是被猫吃掉的，它一直对猫怀着巨大的仇恨。但它一直没勇气向猫讨回血债。今天，当看到大林和小叶时，它不禁眼睛一亮，知道机会来了。

看到大老鼠，树鱼并没有逃跑。尽管它们个头比老鼠小很多，但它们有股王者的霸气，绝对不会不战而逃。它们摆好架势，准备迎接坦克的挑战。

坦克看到小叶个头小一点，想给小叶来一个下马威，就朝它猛扑过去。但小叶灵活地避开了，与此同时，大林看出坦克露出的破绽，一下子扑在坦克的背上，狠狠地咬了一口。

坦克痛得大叫一声，在地上打了个滚，连忙爬起来，狼狈地逃跑了。两条树鱼紧追不舍。它们追击老鼠并不是为了维护尊严，而是想通过老鼠找到食物和水。

坦克撒开腿，像箭一般往前冲。两条树鱼则像影子一样，紧紧地跟在它后面。

大约跑了十五分钟，坦克的速度慢了下来，它累得上气不接下气，疲惫不堪了。它觉得这样跑下去不是办法，必须想法子甩掉树鱼。于是，它突然向左来了个急转弯。

跟在坦克后面的树鱼没有刹住脚，直直地往前冲去。它们想抄近路追击坦克。但没想到，抄近路时误入了陷阱，只听"扑通""扑通"两声，两条树鱼都掉进了陷阱。

这时，四周出现了很多老鼠，形成对陷阱的绝对包围。原来，这是一个早已准备好的陷阱。

这个陷阱是老鼠博士图钉设计的。这里曾淹死了无数只猫。

坦克转回头来，幸灾乐祸地看着陷阱。但这次它有点儿疑惑：以前，掉进陷阱里的猫都会拼命地向上爬，老鼠们则趁这个机会用削尖的棍子刺死猫。

"怎么回事？这两只猫怎么没有动静了？难道这就被淹死了？真是不中用的家伙！"它一边趴在陷阱口张望，一边自言自语。

这个陷阱有个特点：底部与小河相通。这也是图钉博士的主意。为了置猎物于死地，图钉建议在陷阱里灌入水。但水会不断蒸发，如果不和小河相通，一周要灌一次水，太麻烦。于是，它想到了这个办法。

但是，它们怎么也没想到，这次掉入陷阱的两只"猫"与以往的猫截然不同，是能在水里呼吸生活的。

这时，两条树鱼已经从陷阱底部进入了小河。

10

大林和小叶鼠口逃生，进入了小河。

它们到了河里，就像回到家一样，兴奋极了。这里有好多鱼儿在欢快地游动。当然，在它们看来，这些鱼儿就像是漫天飞舞的面包。

有了丰富的吃食，大林和小叶在小河里一天天长大。很快，它们就长成了小河里的王者，没有生物能与它们抗衡。但大林并不满足，它想要走出去，看看外面的世界。

于是，它们顺着小河往下游，进入了大江。在大江里待了一阵之后，它们继续往下游，最终进入了大东海。

这一路上，它们劈波斩浪、勇往直前，逐渐成熟起来。

大林有一种虎的霸气，很快东海也不够它们折腾了。它和小叶往更宽广的地方进军，来到了太平洋，在地球上最广阔的海域中寻找自己的坐标。

大林骨子里有一种好斗的因子，它想称王（可能它身上有着老虎的王者基因，有称王的潜意识）。

11

大林既有尖利的牙齿，又有锋利的爪子，足以让海兽们俯首称臣。果然，不消几日，大林就成了海洋之王。

海中新王大林得意扬扬地坐在宝座上，目光炯炯地扫视着水中的精英。大林确实有王者风范和王者头脑，把海洋世界管理得井井有条，臣民们对它无比尊敬。

后来，大林与鲨鱼交配，生出一代威猛的虎鲨——有虎的牙齿和利爪，还有犹如刀片的鳍，而且可以用肺呼吸，也可以用腿行动。虎鲨成了海洋里的"警察"，守卫着海洋世界的安全。

12

一天，一条虎鲨突然前来报告说：西南方海域发现一只怪物，伤害了许多鱼类。

大林一听，认为展示它王者风范的时刻到了，于是亲自率领虎鲨精锐部队前去打探究竟，还特地冲在最前面。

听着怪物发出的轰鸣声，大林毫不畏惧地靠近怪物。它探出头才发现，原来这个怪物是一艘捕鱼船！

看着海洋里的生命屡遭侵犯，血气方刚的大林岂能袖手旁观？它一声令下，虎鲨们接二连三地从水里跳到船上，去寻找罪魁祸首。

虎鲨们很快就看到了一群有胳膊有腿的家伙，正在抛撒渔网。这不正是老大所说的"仇家"吗？大林曾告诉过它的臣民："人类就是我们的仇人，他们破坏了我们的家园，杀害了我们的兄弟姐妹。如果任由他们这么肆无忌惮地杀戮下去，过不了多久，我们就会灭绝。"

虎鲨们疯狂地朝那几个人冲过去，瞬间就咬了三个人。面对突如其来的袭击，船员们全部呆住了。他们不相信海洋里有如此凶残的家伙，而且在船上的行动竟然也能这么迅速！

当船员倒下五个的时候，剩下的人才反应过来，连忙向底舱跑去，虎鲨们则不依不饶地追在后面。惊慌失措的船员哪是虎鲨的对手，不到一刻钟，所有的船员都倒下了。

打倒渔民之后，虎鲨部队还有更重要的事情要做——拯救被捕的鱼臣民。

此时，捕鱼船的船舱里堆满了鱼，如果虎鲨将它们一条一条放回海洋，时间根本不够用，大多数鱼等不到救援就会因缺水而停止呼吸。

大林想到以前它在水族箱里的时候，兰林曾把一个模型船放进水里，后来不知道怎么回事，船底破了一个洞，船就慢慢地沉入了水底。

想到这里，大林立刻命令虎鲨钻入水里，从船底钻洞。但这艘捕鱼船可是钢铁制品啊，几条虎鲨牙都流血了，船还是毫发无损。

大林连忙让部下各抒己见，提出求援的办法。一条叫克林的虎鲨提议大家一起上船，没准就可以把船压沉了。

大林一听，觉得可行，于是命令能在空气中呼吸的水兵都上船。船明显下沉了，但海水并没有淹过船舷。

大家都以嘲笑的目光看着克林，但克林并不惊慌，它让大家在船上一起跳。大部分虎鲨都拒绝了它的指令。是啊！这有什么效果呢？这与不跳有什么区别呢?

克林用乞求的目光看着大林，请求大王下令，让虎鲨们一起跳。大林觉得克林眼里满是真诚，让人无法拒绝，就下令全部虎鲨在克林的指挥下一起跳。

克林喊着口号："一、二，跳！一、二，跳！"

想不到，奇迹真的出现了，船晃动得越来越厉害，起起落落，不一会儿，就侧翻沉入了海洋。就这样，鱼儿得救了。

众虎鲨把克林围起来，崇拜道："嘿，老兄，你挺有一套的嘛，怎么想到了这个法子？"

"嘻嘻，"克林笑着说，"其实，我只是觉得咱们干站在船上，船不会沉，但咱们在船上跳一跳，让它晃动起来，没准就沉了。"

其实，克林利用的是共振原理。每个物体都有自己特定的振动频率，当对它作用的外力频率和其振动频率一致时，就会发生共振现象。比如在荡秋千时，轻轻推一下使它微微摆动之

科学小笔记

共振

共振是指两个振动频率相同的物体，当一个发生振动时，引起另一个物体振动的现象。

共振是宇宙间最普通和最频繁的自然现象之一，几乎在物理学的各个分支学科和许多交叉学科以及工程技术的各个领域中都要应用到它。

海底世界大战

后，周期性地对其施加外力，秋千便会越荡越高。这就是最简单的共振。

当然，有时共振是有害的。历史上曾发生过这样的事情：18世纪中叶，一队士兵在指挥官的口令下，迈着威武雄壮、整齐划一的步伐，通过法国昂热市的一座大桥，快走到桥中间时，桥梁突然发生强烈的颤动并且最终断裂坍塌，造成许多官兵和市民落入水中而丧生。

后经调查，造成这次惨剧的罪魁祸首，正是共振！因为大队士兵齐步走时，产生的频率正好与大桥的固有频率一致，使桥的振动加强，当它的振幅达到限度直至超过桥梁的抗压力时，桥就断裂了。

今天，共振现象让船的振幅越来越大，直至沉没。

13

之后，大林领导的虎鲨在海上与人类进行了很长一段时间的斗争。在海洋里，人类不是它们的对手，吃了不少亏。于是，海上交通瘫痪，很多人谈海色变，一些捕鱼船停工，甚至海滨浴场也遭受停业的威胁。

人类把海洋中的这股残暴力量称为"海洋幽灵"。

由于人类在海上的活动少了，海水污染状况明显改善。一些海洋专家甚至感谢海洋幽灵，他们惊喜地发现海洋幽灵并没有破坏海洋里的生态环境，而是成了海洋生态的保护神。

还有人说海洋幽灵是上帝的礼物，是用来保护海洋的特别护卫队。

14

对人类而言，自从海上交通瘫痪之后，许多新的问题出现了。铁路、公路运输超负荷运行，环境污染进一步恶化。酸雨频繁发生；土地沙漠化好像失去了控制，沙漠迈开大步，向城市逼近；大量的工业废水涌入河流，近海一带也被严重污染，鱼虾难以生存，成了一片片"死海"。

当陈今生看到海洋幽灵的照片时，觉得似曾相识。

"天哪！这不是树鱼吗？"他瞬间明白，海洋的灾难是由他带来的。当时，兰林说树鱼逃跑了，他还有点儿于心不忍，怕树鱼适应不了外界环境而惨死街头，没想到树鱼的生命力那么强，最后竟变得如此残暴。

陈今生的责任心极强，既然事情是由他引起的，他就要把问题解决。他决心消灭树鱼及其作战部队。

但是，用什么办法好呢？派人类战士携带武器潜入海洋和大林作战？人类的武器在陆地上还可以，但在水里威力将大打折扣。另外，人类不能在水里待太久。这注定是场残酷的持久战，不可能速战速决。如果再培育一种生命，该用谁的基因？有的凶猛动物固然基因优秀，但谁又能保证它们能为人类效力呢？

最后，兰林建议用狗的基因，对其加以改造，创造一种忠诚于主人的超级生命。

陈今生同意了兰林的意见，他相信狗的忠诚度。陈今生家里就有一条强壮的狼犬，名叫皮克，对他十分忠诚。

陈今生小心翼翼地抽取了皮克的血样，然后分离出里面的活性细胞，开始培养新物种。为了提高新物种的战斗力和对水的适应能力，陈今生还加入了一些狮子、雄鹰和鱼的基因。

新物种诞生了，它们像狮子一样凶猛，像鹰一样敏锐，像狗一样忠诚，还可以在水里自由活动。

陈今生把新物种命名为海狗，他迅速制造了一百万只海狗。这些海狗由一只最强壮、最智慧的海狗带领着，来到海中和海洋幽灵战斗。与此同时，人类的海军也出发了，协助海狗们"剿匪"。

15

陈今生把海狗的领袖以他的爱犬皮克命名。众海狗在皮克的带领下进入了茫茫大海。它们仗着数量上的优势，肆无忌惮地在海洋里折腾，以便让大林注意到它们，引蛇出洞。

果然，海狗的出现马上引起了大林的海洋巡逻队的注意，它们马上把这个消息告诉了大林。大林听说有人竟敢在它统治的海域撒野，气得胡子都歪了，马上派出虎鲨精锐部队，想给来犯之敌一个教训。

　　当大规模虎鲨部队调动时，人类海军的反潜雷达开动了。雷达发现虎鲨的行踪，海军战舰立马朝虎鲨部队开火。不计其数的鱼雷钻下水，虎鲨们还没弄清是怎么回事，就遭到了猛烈的轰炸，状况惨不忍睹。

　　海军的雷达探测出大林基地的位置范围后，又动用大量鱼雷，对大林基地大肆轰炸了一番。鱼类毕竟没有人类的通信工具，大林不知道派出的虎鲨部队已经受到了致命的打击，根本没有防范人类的进攻。

　　于是，海底成了坟场。在鱼雷的轰炸下，大林的基地被彻底摧毁了，大多数战士被当场炸死，虎鲨精锐部队也遭受了灭顶之灾。

　　当大林受到重创时，海狗们在皮克的带领下，一哄而上，从四面八方向大林的基地进攻。它们势如破竹，大获全胜，击毙了大林，活捉了小叶。

　　人类世界一片沸腾，大家都为重新拥有海洋的使用权而振臂高呼。

16

然而，没有人会想到，世界上还有一条树鱼，它最先从兰林家的水族箱里逃出来，耳闻目睹了同胞大林和小叶的遭遇，对人类的残忍铭记在心。对，它就是蜘蛛侠！

它正在用一个更残酷的报复计划，向人类讨回血债！

危机笼罩着整个世界……

幻想照进现实

本故事向我们展现了"基因时代"，各种奇怪物种是如何产生的。基因学家不仅研制出全身是宝的植物，还能让树上长出鱼来，着实让人大开眼界！我们知道，第一只克隆羊"多莉"的诞生，标志着生物技术新时代的来临。科学界预言，21世纪是一个基因工程世纪。运用基因工程技术，不但可以培养优质、高产、抗性好的农作物及畜、禽新品种，还可以培养出具有特殊用途的动植物。你对文中提到的基因时代有什么看法呢？

美人鱼王国

我完全傻了。真是没想到，我会在自己家乡的清江河里看到这种奇异的生物！我简直不敢相信自己的眼睛。

奇遇事件

奇迹无处不在。其实，在我们身边，时时刻刻发生着各种各样的奇迹，只是我们没有看到，或者没有察觉到。

我的身边就发生了一件让我无比意外的事，一个世人永远不可能相信的奇迹！

我的老家在湖北省宜昌市长阳县的清江河边，这里山清水秀、鸟语花香、民风淳朴，堪比世外桃源。

其实，真正让这个地方富有生命力的是清江河。清江河发源于恩施土家族苗族自治州，流经长阳县，在宜都市汇入长江，全长423千米，有"八百里清江美如画""土家族的母亲河"的美誉。

就是这条清江河，让长阳这个小县城变得无比清秀、无比神秘、无比让人神往。隐藏在大山里的土家山寨也成了无数旅游者和探险者向往的地方。

我喜欢探险，离开长阳后，前后去了中国很多地方。但我发现哪里都找不到这样俊秀的山、这样清澈的水。于是，我决定回到这片生我养我的地方，在这里"隐居"，写小说，安安静静地生活，然后在这里慢慢老去。

除了探险，我还有一个爱好，那就是钓鱼。我常常在清江河边独自垂钓，有时有收获，有时一无所获，但是我觉得钓鱼的时光总是快乐的，因为我很享受垂钓的过程。

我钓上来的鱼，因为鱼钩的原因都有轻伤，很难养活，可我两岁多的女儿拼命缠着我，要我给她抓几条没有受伤的鱼，她要养在家里花园的小池子里。

女命难违，我只能偶尔去清江河边撒一下网，网上的小鱼都活蹦乱跳的，在家中小池子里可以养很久。这些网上来的小鱼成了女儿的伙伴。她每天起床后的第一件事和睡觉前的最后一件事，都是去看望这些小鱼。

这是一个夏天的清晨，我像往常一样来到清江河边，将渔网撒向江中。然后，我静静地等待着。想着过一会儿把渔网拉上来，上面就会挂很多小鱼，让我送给我的女儿，我的内心便泛过一阵甜蜜。她在醒来后看见这些小鱼，一定高兴极了。

我坐在清江河边，欣赏着清晨云雾缭绕的江面，感觉就像一幅天然的图画，无法用文字来形容这种自然的美。

正当我陶醉于美景中时，我撒网的江面泛起了波纹。这波纹刚开始只是一小圈一小圈的，渐渐地越来越大，开始波浪翻滚。我激动起来，心想一定网到了一条大鱼，否则不会有这么大的浪花。

就在我准备往回拉渔网时，意外发生了！一个东西从水中露了出来。不对，不是东西，而是一个人头，一个女子的头，因为还有长长的头发。

她只露出了头，但我看清了，那是一个十分雅致而又玲珑的女子，与我平时在街上看到的美女都不一样，有着一种无法形容的别致。

我纳闷了，并且有些紧张，心想这大清早的，怎么就有人来游泳？不对，我明明没看到有人下水，那她是在潜水？

我有些不确定地问她："你好！你是在潜水吗？这么早水里很冷吧？你是不是撞在我的渔网上了？"

那女子朝我笑了笑，回答说："我……我不是在潜水，我是刚好经过这里，撞在了你的渔网上，所以就浮上来看看情况。"

"啊？你是经过这里？不是潜水？人怎么可能在水下待这么长时间呢？"我一脸惊讶，完全不敢相信这个女子说的话。

"是的，这是真的，因为我不是普通的人，我具备常人没有的能力。可以长时间在水下游走并生活，但偶尔我也会露出水面透气。"

那女子继续说道："因为我是半鱼半人，你不要惊讶，更不要尖叫，我不想故意吓你，但是我得让你知道真相，因为我求于你。"

她说完，就露出了下半身。随着她身上的水浪退去，显现在我眼前的果然是一条巨大的鱼尾，红色的鱼鳞清晰可见。随即她缩回水中，只露出一个头。

我完全傻了。真是没想到，我会在自己家乡的清江河里看到这种奇异的生物！我简直不敢相信自己的眼睛。可这一切又是真实的，我发了很久的呆，不知该怎么办。

"美人鱼？对，你是美人鱼吧？你是不是传说中的美人鱼？"我鼓起勇气问那个女子。

水中的女子点了点头："是的，我就是你们人类所说的美人鱼，我们家族生活在大西洋南岸，可是近几年来，大西洋的

科学小笔记

美人鱼

童话中的美人鱼是美丽的代名词。但现实中的美人鱼，其实并不美。它是一种生活在我国广东、广西、台湾等地沿海一带的海兽，叫作"儒艮"。这个名字是由马来语直译过来的，也有人称它为"南海牛"。除了我国，在印度洋、太平洋周围的其他一些国家也有它生活的痕迹。

水质越来越差，还经常有油乎乎的东西弥漫在海面上，我们无法继续生活下去了，于是家族就派我出来寻找新的环境，以及可以生存的水域。"

"原来是这样啊！我说呢，我们清江河中怎么可能有美人鱼存在。我原来在书上看到过，传说只有大西洋才有你们生活的痕迹。那你一定是从东海的长江入口处进入了长江，一直沿长江向上游，然后就到达了宜昌？你是不是突然发现了一条清澈的水流，就沿着这条水流到这里来了？"

我一边比画着，一边问美人鱼。

"是的，我游了好多天，发现水质越来越好，就一直朝上游，最后发现了这条清澈见底的江。说真的，我从来没见过这么美的地方。我出来的目的就是找到理想的生活环境，看样子我可以回去通知家族的成员来这里生活了！"美人鱼兴奋地说。

美人鱼的话解开了我的疑惑，我告诉她："你说你们原来生活的地方漂着油乎乎的东西，那应该是海底油井爆炸泄漏的石油吧？我前段时间在新闻中看到过这则报道。石油对你们来说，可真是致命呀！"

"是呀是呀！总之我们没法继续在原来的家园生活下去了，得找到新的理想生活之地，这就是我有求于你的事呢！"

"你说吧，有什么事需要我帮忙？"

"我是想问，这里的水，也就是你说的清江，一直这么清澈吗？还有两边山上的树，一直都是这样茂密、这么挺拔吗？"美人鱼问我。

我很肯定地告诉她："是的！我就是在这里出生并长大的，这里一直这么漂亮。外面再也找不到比这里更好的环境了，你可以大胆地选择在这里生活。并且，我知道这里有一片水域特别适合你们生存，因为那里没有人会去，也没有过往的船只。在那里，你们可以平静地生活下去。"

"那太好了！看来我这次的选择是对的，太感谢你了。忘了告诉你，我也是有名字的，我叫亚菲。你呢？我怎么称呼你？"美人鱼问道。

我忙告诉美人鱼："你就叫我清江水吧！这是我的笔名，因为我愿做清江河中的一滴水，永远清澈透亮。"

最后，我告诉了美人鱼亚菲那片最适合她们生存的水域的位置，我让她游过去亲自看看。亚菲告诉我说，她去看过后，将游回大西洋南岸，把这个振奋人心的消息带回去，然后带领整个美人鱼家族前来这里定居。

听到这里，我激动万分，心想如果这样，我们清江可就热闹了，一定会吸引更多人前来旅游和观光。

亚菲就像看穿了我的心思，提醒我说："你不能把我来过这里以及我们的对话内容告诉第三者哟，否则你会受到我们美人鱼王国的诅咒的。那一定不是你想要的吧？"

听了这话，我浑身一哆嗦，最后保证道："你放心，只要你们不愿意，我绝不向第三个人提及你们的存在。我是一个绝对讲信用的人，可以对天发誓！"

亚菲告诉我："你将是我们唯一交往的人类，我们将通过你去了解更多关于人类的东西，以后还有许多事情需要你的帮助。你愿意吗？"

我稀里糊涂地点了点头。

"那好，我们一言为定！"说完，她就钻进水里消失了。

我使劲掐了一下自己的手背，发现很疼，看来这不是梦。

美人鱼的归来

从那以后，我每隔几天就会来江边钓鱼，比之前来得更勤了。其实，我是在等待亚菲再次出现。

一晃夏天过去，秋天来了，我依旧在江边钓鱼，可是没有再看到亚菲。

很快冬天来了，天空下起了鹅毛大雪，清江河边所有树叶上都落了厚厚一层白雪，江面依旧云雾缭绕，非常漂亮。虽然下雪了我不能再钓鱼，但我仍坚持每天在江边走一圈，希望不会错过任何亚菲找我的机会。但我仍然什么奇怪的事都没有遇到。

紧接着春天来了，然后就到了阴雨连绵的梅雨季节，细如银线的春雨一直下，下得家里都发霉了，我心里也跟着发霉了。

又是一年夏天来到了。

我依旧在江边钓鱼、网鱼，感觉一年前的偶遇就像一场梦，因为后来的日子普通又平凡，都无法与美人鱼扯上任何关系。我甚至开始怀疑自己的记忆了！

一天清晨，我又来到清江河边钓鱼，就在我耐心等待鱼儿上钩的时候，一年前的一幕再次出现了，在水波荡漾之后，一个美人头露出了水面，她朝我坐的位置游了过来。

我大惊，这不是亚菲吗？她果真回来了，我忙朝水中大喊："亚菲，你果然回来了！我还以为一切都是虚幻呢！"

美人鱼亚菲还是那样令人惊艳，她笑着对我说："小声点儿，我可不想被其他人类发现。是啊！我终于回来了，我来回一次得花上一年，因为这段路程实在是太远了。"

我又惊又喜，想起一年前我们的谈话，仿佛一切都在昨天，我忙问她："亚菲，你不是说要带领你的家族成员来这里生活吗？她们呢？怎么没看见？"

亚菲笑道："清江水，难得你还记得我说过的话。谁说她们没有来呀？你看看水面。"

亚菲的话说完，水面突然露出了无数美人头，由远及近，我来不及一个一个去仔细打量，感觉都长得一样，但仔细一看发现又各有不同，她们都美得沉鱼落雁，优雅脱俗，就像是动画片中的美人鱼一样讨人喜欢。

这么多美女突然出现在清江河的水面，让我完全不敢相信自己的眼睛了。我揉了揉眼睛再睁开，感觉眼前的阵容真的让人无法想象，就像是一群下凡的仙女在表演水中芭蕾。

我完全看傻眼了，半天说不出话来。

早知今天会看到这么壮观的场面，我就带相机来了，这样就可以记录下这惊人的一幕。真是太可惜了！

亚菲侧过头朝她身后说道："姐妹们，不要吓到我们的朋友清江水先生了，都退回水中吧！"

"是，国王陛下！"众美人鱼齐声说道。

一眨眼的工夫，江面又是风平浪静了，只剩下亚菲还露在水面。

"国王？你是她们的国王？"我再一次惊讶道。

"是的，我就是美人鱼王国的国王，这全是我的臣民。怎么了？你很惊讶吗？"亚菲问我。

"是的，这太让我意外了，你上次不是说是家族派你出来寻找新的生存环境吗？你们美人鱼王国怎么会让国王出来冒险呢？"我如实回答道。

亚菲笑了笑，说："我的确是美人鱼家族派出来的，难道一国之王不应该身先士卒吗？这种危险的事情我怎么可以让我的臣民来做呢？我不做又怎么配当美人鱼王国的国王呢？"

"太不可思议了！太不可思议了！"我连连惊呼。

"这有什么不可思议的？我们美人鱼王国的国王，必须要勇于担当起保护美人鱼王国臣民的重任，我们和你们人类一样，也实行选举制，国王是由大家推荐和选举出来的。理所当然，我得替所有臣民负责，寻找新的理想生活之地也就成了我的责任和义务。"

亚菲的一席话，让我对她刮目相看。没想到，她们美人鱼王国有这么高的道德素养和个人修养，亚菲太不简单了，太不平凡了。

亚菲告诉我，她现在准备带领她的臣民前去我告诉她的那片平静的水域生活了，她们将把清江河当成自己的第二故乡，在这里安心扎根，在这里欣赏每天的日出和日落。

她还告诉我，如果我有事，可以独自去那片水域找她，我只需要在河边吹一声口哨，她就会浮出水面。

说完这些，她就准备继续回到水中游走了，我忍不住喊住她："亚菲，我可以把你们的故事写成小说吗？放心，我不会让人类知道你们生活在哪里，我还会暗中保护你们的。"

亚菲想了想说："当然可以呀，只是我担心会有人类相信你写的故事吗？你只要不向外界透露我们生活的那片水域就可以了，我相信这样是安全的，我也相信你是守信用的，更何况你是我们美人鱼王国交往的唯一人类呢！"

亚菲说完，就消失在了清江水面上。

不可思议的事情

这次我终于相信自己所见到的一切都是真实的了，虽然我没有拍到美人鱼的照片，没有任何美人鱼来清江的证据，但我还是十分高兴，毕竟我见到亚菲回来了，她还带回了整个美人鱼家族。

我是何等幸运啊！

我是一个知足的人，正因为知足，我才选择了再次回到清江过平静低调的生活，所以我不会去刻意让别人相信我编的故事。如果真的有人相信了，那情况反而糟糕了。

接下来的日子，我在书房里写小说写累了，就提着钓竿来到清江河边，我仍然在清江河边钓鱼，只是我在等待的过程中，会不经意地想起美人鱼，想起亚菲，但我知道，她们不会轻易游到这里来的。因为我提醒过她，其他水域是有危险的，平时如果没有特殊情况，就尽量生活在我告诉她的那片水域，这样最安全。

后来我还特意告诉我身边的钓友，说那片僻静的水域钓不到鱼，因为我去过几次，一条鱼也没有钓到，所以劝大家不要前去。

身边的钓友没有理由不相信我的话，因为我是他们中钓技最高的人，熟悉这附近的所有水域，哪里鱼多哪里鱼少，哪里有什么种类的鱼，我都了如指掌。

许多钓友在我的指点下，去很多他们原来没有去过的清江河段钓鱼，每次都收获颇丰。

这样一来，我有意识保护的那片水域，一直没有钓友前往。因为那里，有我和美人鱼亚菲要共同守护的秘密。

为了不引起其他人的怀疑，我也从来没有去过那片水域，这样也许是对美人鱼王国最好的保护。虽然有好几次我想去看看亚菲她们生活得怎么样，但我都抑制住了自己的冲动。

美人鱼王国来到清江后，清江上有了一些奇特的事情发生，外界无法理解，只有我明白是怎么回事。

每次有人在江边不慎落水，他们在绝望时都会被一股莫名的力量推到岸上。这样一来，清江水域再也没有发生过落水者被淹死的事件。

再就是江面变得更加干净了，原来的清江河面上经常有树枝、杂草等物漂浮着，江面上总是有一些"装饰品"，可是现在整个江面变得干净清澈，就像有清洁工专门清理过一样。

我知道这都是美人鱼的功劳，这个秘密只有我知道。

我的生活又归于平静，依旧写小说、探险、钓鱼，日复一日地重复着。

一天，我在长阳县城的街上走过，和一个美丽无比的女子擦肩而过。当我走过去后，这个女子突然叫住了我："清江水先生？是你吧？"

我停住脚步，回过头看了一眼这个漂亮的女子，我使劲搜索着自己的记忆，确定并不认识她。

"你是？我们见过面吗？"我疑惑地问道。

"呵呵，我猜你肯定认不出我来，看来我绾起头发，就完全变了一个样子，你再想想看。"美丽的女子神秘地跟我说道。

"我真的想不起来了，你能直接告诉我吗？"我再一次确认道。

"我是亚菲啊！"

"啊？亚菲？美人鱼国王亚菲？这不可能吧？你怎么能在街上行走？你哪儿来的双脚？"我惊讶地把她从头到脚打量了一番。看她的脸确实是亚菲，她也确实有双脚，并且穿着一双漂亮的红皮鞋，身着一袭洁白的长裙，活脱脱一位亭亭玉立的公主。

"我们还是找个地方坐下说吧！这样站着说话太累了。"

亚菲说着就拉着我来到清江河边的亲水平台，找了一条无人的石凳坐了下来。

和亚菲的交谈中，我终于知道了她们更多的秘密。原来她们美人鱼都有变成人的机会，当白天能看到天空挂着圆月的时候，就是她们可以拥有双脚出来行走的时间。如果谁触犯她们王国的法令，国王就命令法师通过法术取消这条美人鱼变成人的机会，这条美人鱼就只能永远待在水中了。

虽然她们能够做人的时间很有限，但她们很满足。她们有严格的法令，不能介入人类的生活，不能和人类过多接触，不能告诉别人她们是美人鱼，更不能透露她们生活的水域。

因为只有这样，她们才能更好地自我保护。

亚菲还告诉我，她发现到处都在建房子，所有人都在谈论房子，所以她也准备给她的臣民建造一座水下宫殿，她这次上街就是来观察和研究人类的建筑学问，好回去把美人鱼王国的宫殿建造得又坚固又漂亮。

我担心地问她，这样做会不会破坏清江的环境，她很肯定地说绝对不会有影响的，全是就地取材，还有一些废物利用，她还反问："我怎么可能干破坏自己家园的事情呢？"

这样我就放心了。

亚菲最后问我，怎么一直不见我去那片水域看她们，我把我的担心和顾虑说了，亚菲认为我考虑得很周全，我这样做是对的，我们都得谨慎小心，这样才能保守这个秘密，美人鱼王国也才可以安宁地生活下去。

和亚菲告别后，我想了很多，觉得美人鱼和我们人类虽然生活在一起，但是互不侵犯，互不干扰，并且美人鱼帮助我们保护了清江的环境，承担了救生员的职责，这是多么美好的事情。看来我是做了一件好事，我不禁有些扬扬得意。

以后的日子，我过得更加快乐幸福，因为我非常知足，我能一直拥有双脚自由自在地行走在我想去的地方，美人鱼就很难有这种机会了。

关于美人鱼王国的故事我只写到这里了，因为我不想写得太多太过详细，万一有人相信了呢？那对美人鱼来说，不就是一场灾难吗？这是我最担心的。

最后，我要提醒大家，如果你来长阳清江旅游，行走在长阳的某一条街上或者是路边碰到一个或者是几个像公主的女子朝你微笑时，你一定要回以礼节性的微笑，一定要以礼相待。

说不准，她们就是美人鱼呢。

幻想照进现实

西方神话故事中有美人鱼，中国古代神话故事中有鲛人。美人鱼和鲛人都是鱼尾人身，是人类未知的海洋世界里的"特殊存在"。关于美人鱼和鲛人的传说很多，但是目前还没有证据证明世界上存在这种特殊人类。那么，你相信世界上真的有美人鱼吗？

百年居士

　　在我纳闷这飞机不像飞机、飞碟不像飞碟的飞行物为何物时，机器说话了："请问你就是预订跳舞机、聊天机器人和西装的彭氏上帝吗？"

1

雀鸟啼鸣，草木郁葱。

这就是我现在的生活环境，也是我苦苦寻觅了20年才找到的世外桃源。

我住在一座大山里，木屋建在半山腰三棵大松树之间，屋后有一小块平地，是我的健身场所。我还开垦出两小块田地，是我自给自足的安身立命之本。

在很多人看来，我有独立的小木房，有自然的森林公园，有可以天天见到但不属于我的各种动物。

也许你们认为我很幸福，很开心。可你们错了，我不是在享受，确切地说是在隐居。

我隐居不是迫不得已，而是为了验证一个理论——安静的环境和新鲜的空气可以延年益寿。

我是从20岁开始隐居的，当时的计划是隐居100年。我认为100年后，我一定可以活着走出大山，并且保证思想和行为跟得上时代的潮流。

现在已经过去了98年，我相信我肯定能再坚持两年。也就是说，我今年已经118岁高龄了。

记得98年前，我带着从股市赚来的5万元钱来到这里。从那天起我就再也没有出过这座大山。

陪同我到此的还有一台全智能的太阳能卫星电脑。这是我从外界获取信息的唯一工具。

科学小笔记

太阳能卫星电脑

太阳能卫星是构想中的一种太阳能发电系统，在卫星轨道上的太阳能收集器，将从太阳光收集所得的能量以微波或激光传送到地球，在地球表面接收后转化为电能。其优势是太阳与太阳能收集器之间无大气层阻碍，因此效率较高，并且不受昼夜周期的影响。

太阳能卫星电脑应该是作者想象出来的，在深山里没有电的情况下，利用太阳能启动电子设备是最适合的。作为清洁可循环利用能源，人类将来的电子产品朝太阳能充电发展或许是一大趋势。

我住的这座大山与神农架原始森林相连，距当地最近的小镇也有100多公里。我把它命名为"人山"，山中本无人，有人住此山便为人山。

也就是说我不可能拿钱在这深山里购买生活用品和维持生命的食物。在我搭完木屋、开辟出后院平地后，我起初带来的干粮就所剩无几了。

我开始为日后的生活担忧。

我此行的目的虽不是体验生活，可我只求能活着走出大山，来证明我思维的超前性和预言的合理性。

我一边学着鲁滨孙种植粮食、饲养动物，一边用电脑上网和外界联络，获取外界的信息。

在费尽周折后，我终于从网上找到了我的哥哥。我说："快送食物来，否则我就要饿死了。"

可我哥不信，他说："你在×城好好的，怎么会饿死呢？"

天哪！我当时决定隐居时忘了告诉他，此时他不会相信我。

我让他打电话到×城我住的地方，若还不相信可以去×城找我。一周后，他发来电子邮件，问我现在在哪里，他说他去过我在×城的家了。

他终于相信了。我告诉他，我现在在人山，距神农架不远。

在我挖了一周的野菜后，我哥终于风尘仆仆地出现在了我的面前。真是雪中送炭啊！

2

在我的生活可以维持的前提下，我开始重操旧业，在键盘上敲打我想象的东西。

接下来，我的名字连同敲打的文字一起，被挂在许多网站或者刊登在极有影响力的报刊上。

我在网上看到，有许多网友和评论家称我为科幻作家，甚至有人预言我会在科幻小说界独树一帜。

这真是太滑稽了！他们竟然认为自己没有见过和经历过的都是幻想。

我哥先后来过人山五次，最后一次是在我进山十年后。

他最后一次临走前对我说，他再也不会来这里了，他实在不理解我的目的和用心，更重要的是他要移民月球了。

哥哥的决定在我的预料之中。在他提供的供给断掉时，我已经可以自给自足了。我自己种了玉米、花生、土豆，还养了兔子和山羊。

我用整整十年做到了自力更生。

在我30岁的时候，我的稿酬账户内已经增加到十万余元，这是我从网上查询到的。可是这些钱只能看，不能花：在这深山老林没有银行可以让我取钱，取了钱我也没有地方花。

3

生活趋于稳定之后，我开始给自己安排日程表。

每天早起锻炼身体，到山顶感受晨露、呼吸新鲜空气，然后用太阳能灶煮早餐。

吃过早餐后，到房子两边的农田里干活儿。特别累或者阳光很强烈时，回到小屋里上网下载各种科技知识和新闻。

我还在网上报名了远程课程，学费是通过网上转账交的。

下午仍旧劳动几个小时，傍晚开始煮晚餐，同时收发邮件，浏览几个文学网站。

天黑时启动太阳能储电设备，开始在电脑上记日记或写他们认为的科幻小说。

在我50岁生日时，我的哥哥从月球发来电子贺卡祝福我，并告诉我他马上要离开月球去考察木星了。

科学小笔记

探索木星

人类从来没有停下探索木星的脚步，经过这些年的探索，人们已经知道木星是一颗非常特殊的星球，其他星球是由岩石和金属组成的，但木星不一样，它的主要组成成分竟然是气体！因此，科学家称木星为气体星球。

我也告诉他，我已经通过MBA研究生论文答辩，原来只有高中文化的我快和哥哥在学历上旗鼓相当了。

同时，有人在论坛里说我是预言家，说我在科幻小说里写的许多东西都变成了现实。

我对这些胡言乱语从不加理会，依旧过我的隐居生活，写我的思考和预言。

4

转眼50年过去，我70岁了。

从网上得知现在的人们已经普及了网络和太阳能，×城的地道和磁悬浮列车也早已投入使用，整个市容和交通不再像以前那样混乱不堪了。

令我心痛的是我唯一的亲人——我的哥哥在木星与我永别了，听说他死时面目安详。

他去世时78岁。

虽然他用了先进的延年益寿的药物，并且去了月球和木星，摆脱了地球的引力，可他最终只活了78岁，这与他的计划差得太远了。

单方面的科学进步并不能延长人的寿命，只有良好的生态环境才能使人延年益寿，这是我在我的"科幻小说"中反复提到的观点。

我总觉得登山追野兔子不能达到锻炼身体的效果，我就从网上下载了各种舞蹈视频，天天在我的后花园一个人蹦呀跳呀，感觉也挺有意思。

我还从网上下载了模拟驾驶飞机的游戏，我的飞行技术都已达到国际水平了。

在我快100岁时，我忽然在网上看到×城开通了网上购物机器人送货的业务。不管相距多远，不管需要何物，机器人都会按时送达。

我有点儿不相信，不知道我在的"无人区"是否可以送货上门。

我就在购物平台上挑选了智能跳舞机、聊天机器人，还定做了一套咖啡色西装。我在输入了我的银行账号和密码后，电脑提示我输入送货地址和联系方式。我写了送货地址：神农架附近的人山。

第二天上午，我收到商场发来的电子邮件，通知我连续上网十分钟，他们好用卫星定位系统确定我所在的地点和方位。下午时分，我正在独自练习芭拉芭拉舞，忽听天上有细细密密的机械声传来。

当我起身想看个究竟时，这台机器已经一动不动地停在了我的上空。

在我纳闷这飞机不像飞机、飞碟不像飞碟的飞行物为何物时，机器说话了："请问你就是预订跳舞机、聊天机器人和西装的彭氏上帝吗？"

"上帝？我怎么变成上帝了？"

"顾客就是我们的上帝，你就是彭氏上帝。"

在得到我的肯定答复后，机器底舱的门打开了，从底舱降下一部电梯，电梯里走出一个机器人。

他给我搬出了我所要的东西，并让我签收。

我忙俯身查看跳舞机和聊天机器人。木箱一打开，机器人就伸了一个长长的懒腰。

"困死我了，快放我出来吧！"

是谁？我忙抬头看不明飞行物，可它早已不见踪影。

"不用看了，主人，是我，你的聊天仆人多歪多。"天哪！原来是聊天机器人在和我说话。

"你不能自己出来吗？你不是机器人吗？"

"可我只会聊天，不会干其他的事。"

果真它很能聊，天南地北，古今中外，天上地下真是无所不知啊！要是它能干活儿就好了，我心想。

就在这个时候，机器人开口说话了："你别做美梦了，要我干活儿得给我升级，快打开多歪多的主页交钱升级吧！"

我打开主页一看，要它走路得花十万元升级，要它学会干活儿得花五十万元升级。更不可思议的是，如果要它忠诚得花五百万元升级。

我早就猜到，人类的贪婪会传给机器人，果真不假。

我查看了一下我的账户，购买这几件物品已经花了8万元，运输费是18万元。我的钱已经所剩无几了。我只好先花10万元给聊天机器人升级走路，要不我走到哪儿都得把它背着。

5

跳舞机和聊天机器人陪我度过了余下的20年。

在我120岁生日那天，我穿着20年前预备的西装出山了。

本来应该走半个月的路程，可我只走了一个星期就出山了。倒不是因为我的身子骨和腿脚利索，是因为来时的大山都已变成了房屋林立、行人众多的开发区。

我从原来最近的那个小镇坐飞机直抵×城，我想去看看我原来生活了20年的地方，现在是什么样子。

飞机已经变成声波极低、速度极快的飞行器，像小时候在科幻电影中看到的飞碟。

走出机场，看到行人都站在人行横道上，不用走路即可到达目的地，因为人行横道已经是滑动电道，就像电梯一样不停地向前运行。

这和我想象中一模一样。

在我刚准备上滑动电道一览×城新貌时，几个年轻的小伙子彬彬有礼地出现在我面前，原来他们是跳舞机生产厂家和聊天机器人生产厂家的市场代言人。

他们说得知我今天来×城，特地在此等候，迎接我去参加他们的一个沙龙。

我跟着几位年轻人来到一个类似电影院的地方，他们请我入座主席台。

我想也许他们是在此欢迎我的归来吧！

其中一个年轻人发言了："这位就是我给大家介绍的已经120岁高龄的老人，他为什么高龄？就是因为他使用了我们厂生产的跳舞机加强运动。"

另一个年轻人起身接着说："还有我们厂生产的聊天机器人的陪伴，才使这位高龄老人健康地活到现在。"

天哪！我竟成了他们的活广告。

据说现在的人因为缺少运动，加上心情忧闷和孤独，寿命越来越短，人们都在寻找长寿的秘方。

可他们怎么就没有注意自己的生活环境和我的生活环境有什么不同呢？

科技发展之快，这都是我意料中的事，可我万万没想到，人们置生态环境于不顾，视金钱如命的本性一点儿也没有改变。

就在我到×城的第二天，一个清洁工在城市中央一位科学家雕像的脚下发现了死去的我。法医鉴定我是因完全没有抵抗缺氧和污染气体的免疫能力，致使呼吸系统损坏而死。

那座科学家雕像，就是和我一样用自己的生命寻找了一辈子长寿秘方的我的哥哥的……

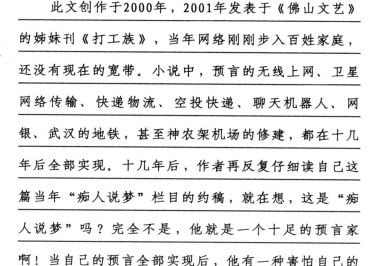

幻想照进现实

此文创作于2000年，2001年发表于《佛山文艺》的姊妹刊《打工族》，当年网络刚刚步入百姓家庭，还没有现在的宽带。小说中，预言的无线上网、卫星网络传输、快递物流、空投快递、聊天机器人、网银、武汉的地铁，甚至神农架机场的修建，都在十几年后全部实现。十几年后，作者再反复仔细读自己这篇当年"痴人说梦"栏目的约稿，就在想，这是"痴人说梦"吗？完全不是，他就是一个十足的预言家啊！当自己的预言全部实现后，他有一种害怕自己的感觉！

平行空间

我不知道该如何来表达我发现的这个意外，或者说，本来不是意外，只是一件正常的事，但我完全看不懂了。

我是谁

1

一阵狗叫声，把我从梦中惊醒。

我从迷糊中睁开眼睛，首先看到的是红色的天空，不对，不是天空，而是离我非常近的帐篷顶。原来我是在帐篷里。

我努力回想着，想起来了，我在探险乌孙古道的途中呢！昨天傍晚，我们抵达了传说中的天堂湖，在这里安营扎寨。当

★ 科学小笔记

乌孙古道

乌孙古道是指汉代乌孙国到龟兹国穿越天山南北的古道。乌孙国地处天山北麓，现新疆伊宁市及其附近，龟兹古国位于现新疆库车、拜城一带。此道汉代起至清、民国时期均有通行，清政府平息大小和卓叛乱时还曾利用过。

时天空下着瓢泼大雨，在迷雾和大雨中，我完全来不及看清天堂湖的样貌。

我从羽绒睡袋里钻出来，在帐篷中找到了抓绒衣和冲锋衣裤穿好，然后打开帐篷。

眼前的景象把我惊呆了！

帐篷外面的天堂湖，湖面宽阔平静，呈天蓝色，无风无波纹，就像一面镜子，雪山和冰川倒映在湖中，清晰夺目，似乎湖外和湖面形成两个镜像，让人分不清虚实。

抬头，天空无云，只有沁人心脾的蓝色，像蓝绸缎一般铺展开来。我确定那是天空，是因为山顶的积雪，白、蓝两种颜色形成了鲜明的反差。

我眨了眨眼睛，把视线收回来，这时才留意到湖与我的帐篷之间，有一片几十平方米的绿油油的坡度草地，草丛中闪现着无数黄色的、白色的小花，还有大小各异的石头。

我闭上眼睛，然后深呼吸，鼻子里全是湿润的青草味，以及牛羊粪便的味道。我并没有觉得后者难闻，反而觉得这是大自然最真实的味道。

我全身心地感受着天堂湖那种轻盈、纯洁、神秘和安静。

又是一阵狗叫声，把我从陶醉中唤醒。我回头，这才看清原来是一只小花狗，在我帐篷的另一侧。

我准备召唤小花狗，和它打个招呼。

但我还没来得及和它打招呼，就被一个新的意外惊住了，或者是彻底弄傻眼了。

我不知道该如何来表达我发现的这个意外，或者说，本来不是意外，只是一件正常的事，但我完全看不懂了。

我发现天堂湖边只有我的一顶帐篷，和我一起来乌孙古道探险的同伴都不见了。

地上干干净净的，什么痕迹都没有留下，似乎他们从来没有来过。

我急忙穿鞋子，但发现登山鞋已经脱胶掉底了，这让我相信一切都是真实的。我只好穿好溯溪鞋，在附近来回奔跑，寻找蛛丝马迹。

我的帐篷附近，有草倒下还没有完全站起来，从长宽面积来看，正好是一顶帐篷的大小，并且有好几处，这应该就是同伴们扎帐篷的露营地。

可他们人呢？去了哪里？

为什么我会被独自落在这里？

科学小笔记

溯溪鞋

溯溪鞋是一种运动鞋，可以经常出水和入水。这种鞋子的排水性很好，而且泥沙能随水一同排出。

2

我努力回忆着。

记得今天是2020年7月5日，是我和几个爱好户外运动的朋友一起来徒步探险乌孙古道的第六天。我拿出手机看了一下时间，确定无误，就是今天。

手机上依然显示没有信号。我翻看了手机里的照片和视频，发现它们都还在。看来，我的记忆没出问题。

我们的队伍一共有11个人，其中，领队兼向导被我们称呼为猴哥，他有一个助理叫桔子。其他人我也都记得，大饼和小鱼儿是武汉领攀者户外运动公司的专业领队，大饼是浙江人，人高马大的，小鱼儿则有双让人难忘的小眼睛；风是一名医生，也是个经常在健身房练肌肉的肌肉男；勇哥是一名做外贸生意的老驴；简是一所私立学校的女教师，嘴上从不饶人，我还说她是一朵带刺的玫瑰；再就是来自唐山的二磊和花雕，他们二人是小夫妻，二磊是职业户外人，脚力腿力一流；最后一位是唐山的无量，她是一位年长我十多岁的大姐，但体能和速度远远超过我，一看就知道是职业探险者。

记得我的登山鞋是前天翻越琼达坂时脱胶掉底的，后来我换上了溯溪鞋，在加厚的袜子外面又套了一双防水袜，才勉强爬上了琼达坂海拔3750米的山顶。山顶上还有积雪和冰川，我

的脚冻得生疼，每次休息时，我都不敢多停留，只能不断地行走，让脚保持有热量的状态。

没想到的是，昨天下午快要到达天堂湖时，海拔升高，气温骤降，天空下起了雨夹雪，我脚上的热量散发得太快，就算快速地行走，也冻得受不了。

来到海拔3100米的天堂湖边扎营时，雪停了，变成了大雨。我在雨中坚持扎好了帐篷，然后把背包丢进帐篷里，接着用毛巾擦去背包和帐篷里的雨水。还没有收拾好，脚就已经冻得失去了知觉，这种冷从下朝上，慢慢蔓延。我忙换上了干的抓绒裤和干的袜子，又往身上加了一件薄羽绒服，最后打开羽绒睡袋，钻了进去。

在换衣服的过程中，我已经开始发抖，心跳加快，并感觉到恶心，想呕吐。但我还是坚持做完了一系列的自救措施。

我在睡袋里仍然在发抖，十分钟过去了，我的脚依然没有暖和起来，似乎全身都冰冷了。

我的手已经开始麻木，我不停地搓手，并放在嘴边吹热气，但我发现我的手背通红并开始发紫，眼皮也开始无力，大脑昏沉，特别困、想睡觉。

我慢慢地躺下，接下来就什么也不知道了。

要不是今天的狗叫声把我惊醒，真不知我还要睡多久。

可是，同伴们呢？他们去了哪里？

按理说，他们离开时不可能不叫我，他们拔营时，应该会看到我的帐篷，也会发现少了一个人，完全没有理由丢下我。

我大声喊道："猴哥，猴哥，你们在哪里？"

喊了几声，我又跑到更高的山坡上，跑到大石头后面，跑到天堂湖边，四处喊着大伙儿的名字。

可是除了回声以及小花狗的叫声，再无其他声音。周围一片寂静，就像什么也没有发生过一样。

就在我不知所措的时候，一匹马从远处向我飞奔过来。准确地说，是一匹马和一个人，只是近了一些后我才看到马背上有一个人。

马在我面前停下之后，我看清来者是一个五十岁左右的男人，精瘦偏黑，戴着一顶毡帽，身穿粗布陋装，一看就是牧民。而那马是一匹强壮的枣红马，高大、精神气足，不像那些长途跋涉没精打采的瘦马。

中年男人没有多话，像是认识我，知道我的处境一样，只说了一句："跟我走吧！跟着我你才能活下去。"

我有非常多的问题想问他，可是又不知从何问起，只好不问了。

我别无选择，只能收拾好帐篷，跟在他后面朝前走。我们爬上了天堂湖边的那座山，然后下山近百米，来到了一间小木屋前。

行走了约莫半小时。我猜这间小木屋就是这个牧民的临时住所，那四周的牲口都是属于他的。

接下来的交流终于让我知道，这个牧民叫贵五，他在家中排行老五，独自在这里放牧，陪伴他的有五匹马、几百只羊和两条牧羊犬。

关于我的情况，我依然是一头雾水，比如同伴们去了哪里？他们为什么没有喊醒我？

贵五也不知道。他只是告诉我，没有向导，千万不要独自朝前走，因为在盲区里容易迷失方向，地上更没有现成的路，非常容易遇到无法预知的危险，甚至有可能遭遇狼、熊等猛兽的攻击。

他说的这些情况，我在进来之前就知道，所以我不敢独自去追一起进来的那些同伴。

贵五劝我暂时留下来，有他在这里，生活和安全还是有保障的，等有机会遇到其他探险者路过，可以和他们结伴出山。如果没有新的探险者路过，就只能等他出山时，带我一起出去。

我问贵五什么时候出山，他说：等羊长大了。

这话让我捉摸不透，但我又不敢多问，心想，等秋天来了，草原开始枯萎了，羊应该也就长大了，那时冬天的雪季也快来了，他肯定就要出山了，要不然，羊、马、狗和人都受不了漫长的冬季。

迫于无奈，我只能暂时留下来，和贵五一起放牧，一起在附近游荡。

3

没多久，我就和两条牧羊犬小花、小黑混熟了。小花是一只头上有黑白两色，身上全是白毛的中华田园犬；小黑是一只全身黑毛的公狗。

这里气候多变，一会儿晴天，一会儿风雪，好在我带了足够的御寒衣服。后来，我找到绳子把掉底的登山鞋捆绑了一下，勉强能继续穿。

只是，我吃不惯贵五准备的食物，每天早上几乎都是馕和奶茶；中午依然是馕，还有酸奶疙瘩；晚餐会煮汤饭，里面会放一些风干的羊肉。馕太硬，我啃得牙骨疼，奶茶和酸奶疙瘩又腥味太重，我难以接受。但慢慢地，我也就习惯了。

我带着小黑和小花，不时地去逮几只野兔，解决营养问题。

贵五是不会天天吃羊肉的，起码我没有亲眼见过。我也不敢多问，知道羊对牧民来说很贵重，他们自己是舍不得吃的，只会偶尔杀一只，边吃边风干，能吃上好久好久。

每当暴风雪来临之前，贵五就会四处找羊，把羊赶进一个简陋的围圈里，我就学着协助他。

其他时间，他几乎不管羊和马，只是每天来回巡视，发现狼和熊等猛兽就驱赶。他不清点羊的数量，似乎也不好清点，我甚至怀疑他不会数数。

每隔一段时间，在收羊和放羊的时候，我会留意数一数羊的数量，发现羊有时候少了几只，有时候又多了几只。我也没在意，觉得可能是自己数得不太准确。

我用太阳能给手机和相机充电，这里虽是盲区，但手机可以拍照和录像，好在我带来的相机内存卡有好几张，我拍了删，删了再拍，最后留下的都是精挑细选的精品。

我几乎每天都会走上半个小时去天堂湖边，去看天堂湖，更是看看有没有探险者路过这里，有没有人在这里扎营。

后来，我学会了骑马，有时也会骑马去。每次都是小花跟着我，小黑则忠于职守地守着羊群。

科学小笔记　　太阳能充电器

我们知道，太阳能是可以转化为电能的。太阳能电池板可通过吸收太阳光，将太阳辐射直接或者间接地转化为电能。目前，市场上已经研发出太阳能手机充电器。虽然这种充电器还存在一些弊端，但是只要是在太阳光充足的地方就能有电，能在某些没有电的情况下解燃眉之急。

可每次去天堂湖，我都很失望。

好在每次回去时，可以从天堂湖打水带回去。这样，也算没有白跑一趟。

此外，我还经常做的一件事，便是在附近寻找枯树枝，有时走上好几个小时，每次去不同的方向。天堂湖附近树太少，找枯树枝当柴火烧饭取暖，是一件非常有难度的事情，所以我们平时非常节省柴火。

转眼到了秋天，天气更凉了，草地也开始变黄，可贵五并没有出去的意思，我问他出去的时间，他说羊还没有长大。我奇怪不已，因为羊确实一直毫无变化。

很快，这里就开始下大雪，进入了冰天雪地的季节。贵五的羊、马仍然每天在雪地里寻找着枯草，刨着草根。

看着这些羊、马，还有小花和小黑，以及贵五，我都不敢想象他们如何过冬。

降雪和阴天时，我冷得都不敢出小木屋，更不敢出睡袋，因为外面太冷了。只有放晴了，我才敢穿上所有的保暖衣服走出小木屋。

也只有这个时候，我才意识到，活着是多么难的一件事，也是多么重要的一件事。

除了大风大雪，实在冷得没办法出小木屋，其他时间我都会去天堂湖边，我多么希望有一天过去时，看到熟悉的、五颜六色的帐篷，看到从外面进来的探险者。

可是，这个场景一直没有出现。

4

进入深冬后，天堂湖开始结冰，湖四周全是积雪，山上也是雪，远远看去，白茫茫一片，只有湖面还有些湖水透过薄冰，呈现出深绿，又似深蓝，因为有太阳和无太阳时，湖面的颜色是有区别的。

12月时，气温已经降至零下二十多摄氏度，有可能更低，因为我的温度计最低只能测到零下二十摄氏度。甚至很长一段时间，我还以为温度计被冻坏了，因为指针一直指着最低温，一动不动，有一天我把温度计装在衣兜里，上面指示的温度回升了，我才知道并不是温度计的问题。

这时，天堂湖已经完全变成白色，准确地说，是完全冰封了。我一直在监测湖面冰层的厚度，冰层越厚，证明气温越低。我踩着厚厚的冰层，来到天堂湖的中间，站在湖中间环顾四周，感觉自己站在一个巨大的舞台上，又像是站在一个巨大的地宫中。周围的冰川和雪山，像观众，又像是牢笼。

小花和小黑也喜欢跟着我一起走到天堂湖的冰面上，它们也会滑倒或者是站不稳，狗紧张的样子可爱极了，它会在滑倒的时候发出哀求的叫声，还会在摔倒后害羞地看着我。每当遇到这种情况，我就会鼓励它们说："没事，小心点儿。"

相比较，小花仍然和我一起来得多一些。

有一天放晴后，太阳升得老高，我带着小花再一次来到天堂湖。昨夜飘了大雪，湖面的冰层上是厚厚的积雪。如果不是知道这是天堂湖，突然来到这里，还以为这就是一处巨大的平地，因为已经完全看不出湖的痕迹。

就在我无限地感叹和敬畏大自然的神奇之时，小花异常兴奋地叫了起来，边叫边朝前方跑去，我立马跟了上去。

我在雪地上发现了一串巨大的脚印，开始远远地看去，还以为是人的脚印，因为呈长条形，我不禁激动起来，以为是有探险者路过。走近后，我才发现脚印前面还有明显的爪子印，五个深深的爪印，均匀分布在脚印前方。

我确定这是熊的脚印。从脚印的深浅和大小，我得知这是一头体形巨大的熊，并且是黑熊，因为我们国内目前发现的几乎都是黑熊。

脚印新鲜，应该是经过不久，我不敢继续追踪，如果跟上去，有可能会找到熊洞，或者休息的黑熊，那都不是我想要的结果。

庆幸的是我没有与它遇上，它也没有去攻击我们的小木屋和羊群。

我还曾在雪地上和湖面的冰层上，发现过许多其他动物

的脚印，其中有认识的，当然也有从来没有见过的，有大、有
小。这时候，我才知道原来这里还有这么多我没有见过的朋
友，也许它们早就知道我的存在，也许它们对我一无所知。

5

某天，我照常来到结冰的天堂湖边，在湖中心发现用工
具开凿的窟窿，我当时惊喜得差点儿尖叫起来，但我立马捂住
了嘴巴。我的第一反应就是猜测这会是谁的杰作。贵五？不可
能！他对天堂湖不感兴趣，极少来这边。小花和小黑？那就更
不可能了，它们不具备这种能力。

这么说，这里肯定还有其他高等智慧的动物存在，更或者
说，有人路过了？可是湖面的冰层上没有人的脚印，只是冰窟
四周，有一些凌乱的无法分辨的痕迹。

于是，我开始坚守，我想找到这位朋友。

坚守的第三天，我就意外地发现了他，准确地说，是它。

原来是一只大雕，和我的身高差不多，张开翅膀时，就像
一架小型飞机，当我第一眼看见它时，确实被震住了，我完全
不敢相信，世上还有这么大的鸟。

原来，这个冰洞是它凿开来捉鱼吃的。

但没过几天，气温更低了，天堂湖上的冰层更厚了，它
凿不开湖面上厚厚的冰层了。它在湖面凿了好几处，都没有成

功。于是，我把身上带着的风干羊肉，丢了些给它吃，就这样几次后，我们成了朋友。

终于迎来了春天，气温开始回升，冰雪慢慢融化，地上钻出了嫩嫩的草芽……

转眼夏季到了，我来这里也已经一年了，湖面的水以及草地上的草，又恢复到了我当初第一眼看见天堂湖时的模样。

我一直没有等来过路的探险者，似乎这里被外界遗忘了。贵五也从来不提出去的事，他每天骑着马来回转悠，一副悠然自得的样子，就像一个神仙。

就这样在这里待了两年，我越来越对贵五失望，觉得依靠他不可能出去。

于是，我开始偷偷寻找出山之路，想一个人出去。

我准备了几天的干粮，背包和帐篷虽破旧，但还能勉强使用。我决定放手一试，犹豫了两年，不能再犹豫了。

我朝前走了四天，拼命地走，中间不敢休息，也不敢停留。中途走错过，还遇到了过不去的河。但我没有放弃，没有回头，继续寻找着出路。

最后，我吃光了准备的干粮，人也累得筋疲力尽，实在走不动了，昏睡了过去。

等再次醒来的时候，我发现自己已经出了乌孙古道。因为乌孙古道出口处的隘口，我之前在网上的照片上见过无数次，早已印入我的脑海中。

我身边站着那只大雕，它见我醒来，就径直飞走了，我来不及向它道谢，似乎它也没有给我这个机会。

出了乌孙古道，就到了黑英山牧场。我在这里找到了一家牧民，在这里休整了一天，又补充了一些食物。然后，我继续朝外走，想走到有公路的地方搭车去库车县城。

这时，我的手机有信号了，但我发现手机仍然不能使用，也不能上网，似乎手机卡被注销了或者是停用了。

我到库车县城后，找了一家移动营业厅，拿出身份证想补办手机卡，可被告知身份证过期了，手机卡也早就停用了。这时，我才知道，现在并不是两年后，而是二十年后了！

6

我有些弄不明白了。

我明明在天堂湖附近就待了两年，怎么外界会是二十年后了呢?

我的手机卡没有补办上，因为他们告诉我这张手机卡在多年前就已经被淘汰了，现在扫指纹就可以直接绑定手机号。而且，实体手机也早就没有了，现在用的都是投影手机。投影手机没有固定的形状，有附带在手环里的，有加装在眼镜上的，还有藏在指环里用声控操作的，甚至是装在钥匙扣里带在身上的。

我只好借了别人的投影手机给家里人打电话，可是我拨了好几个号码都打不通，语音提示说这几个号码都已停用。

这时，我想起了网络，我可以借用网络登录QQ号和微信号，这样就可以联系上家人了。可是，我登录了好几次，发现账号密码已经不是我记得的那个，我怎么也登不进去。

我担心家里的一切，真不知夫人和孩子们怎么样了，我一直没有回去，他们肯定担心坏了。

我归心似箭。

我到库车火车站后想补办临时身份证，却被告知现在刷脸就可以走遍天下。于是，我直接买了到乌鲁木齐的火车票，然后从乌鲁木齐买了机票回到了武汉。一路上，我都在迷糊中度过，实在想不通，也无法预知接下来会发生什么。

在库车时，我倒没有觉察城市变化有多大，这里人口依

科学小笔记

投影手机

从最初的砖头"大哥大"，到如今集通话、拍照、摄影、上网、娱乐甚至办公于一体的智能手机，随着科技的发展，手机变得体积越小、功能越强，能给人提供的便捷服务也越来越多。有科学家预言，以后的手机可能只有纽扣那么大，需要呈现画面时就可以开启投影功能。

平行空间

然稀少。到乌鲁木齐时，我就感觉到了明显的变化。从交通工具到通信工具，再到街上的行人，都和我之前看到的不一样。

我从武汉机场打车回家，沿途发现武汉有了惊天的变化，空中私人飞机来回穿梭，磁悬浮车在离地一定的高度来来去去，街上传统的在地面跑的汽车依然存在，三层空间三种不同的交通工具互不影响。

街上行人不多，来回飞动的飞行器倒是极多，不知地铁上的人数情况如何。因为之前回家要转几次地铁线，所以我没有选择地铁。

自己住的小区维护得还算好，只是旧了很多。如果不是一路上的变化，以及四处显示的时间是二十年后，我真的不会相

科学小笔记

刷脸走天下

刷脸也就是人脸识别，其最大特征是能避免个人信息泄露。人脸识别可以快捷、精准、卫生地进行身份认定；具有不可复制性，即使做了整容手术，该技术也能从几百项脸部特征中找出"原来的你"。由此可见，从技术上说，刷脸完全是可以代替刷身份证的。

信时间就这样不见了。

虽然我完全弄不懂这是什么原因，但我已经知道这是不可否定的事实。

来到我家楼下，我忐忑不安，因为无法预知二十年后的家会是什么样子。特别是当年我没有回到这个家，经历了这么大的变故，家里人肯定过得非常艰难。他们有没有因为无法生存下去，或者无法继续还房贷而卖了房子搬家？夫人有没有给孩子们再找一个后爸？

我在家楼下左右徘徊时，看到一位老人下楼，还有一个年轻人。那老人花白的八字胡，花白的短发，中等身材，个子和我的差不多。年轻人离开时，老人喊了年轻人的名字，叫他在外小心些，到了打电话。

这个年轻人的名字，把我吓住了，那是我儿子的名字。

年轻人回答说："我知道了，爸爸！"

爸爸？我再仔细看了看这个年轻人，真像我印象中几岁的儿子长大后的模样。

那他这个爸爸是谁？老人怎么有些面熟？我像是见过他很多次，对他很熟悉，但是又想不起他的名字。

突然，我反应过来了，那不就是二十年后的我吗？

可不是吗！身高、脸形、五官、胡子，都对得上！

那我是谁呢？

平行空间

我是我

1

一切超出我的想象，始料未及。

我开始犹豫，如何去面对二十年后的我和孩子们，内心斗争了很久，最后分别跟踪了女儿和儿子，以过路人的伪装身份和他们交流和试探了一番。

我发现他们很阳光，对他们的父亲很尊敬和认可，没有任何不寻常的地方。

后来，我以读者的身份拜访了孩子们的父亲，也就是二十年后的我，和他交流了他的作品，以及探险经历，并详细询问了二十年前探险乌孙古道的经历，他都能对答如流，只是偶尔陷入沉思，但我找不到任何破绽。

最后我伪装成一位记者，采访了我的夫人，对她提了很多问题，包括对自己先生的事业的看法、态度，并特意问到了当年对他去探险乌孙古道有没有担心，发生了什么危险，他回来后有没有什么变化。

然而，我依然没有找到线索和答案。

最后，我决定从当年探险乌孙古道的同行者身上寻找突破口。

我的相机和手机里有他们的照片和视频，我申请了新的手机号，虽然现在大家都在用投影手机，可是我不习惯，依然喜欢自己熟悉的实体手机。微信二十年后的我还在用，我只能重新申请了一个号，好在我存有当年同伴的手机号和微信号。

我终于联系上了当年一同探险乌孙古道的一个人，他是大饼。二十年后的大饼已经是一个中年男人，交流中，他说当年没有发现异常，说我跟着他们一起回来了，后来还有联系。对我的出现，他非常诧异，甚至不敢相信这一切是真的。

大饼还武断地说我又在编故事了。

通过大饼，我又联系到了小鱼儿、简、勇哥、风等几人。我把他们都走访了一遍，他们看到我无一例外都惊呆了，以为这些年我一直没有变老。当我讲了自己的遭遇后，他们都惊叹不已，但细细回想，又找不到什么可疑的细节。

直到走访简的时候，我才得到了一条非常有价值的线索。那天我正和她交流时，她突然如当年一样，女汉子般的一拍大

平行空间

177

腿说道:"我记得当年在天堂湖边扎营那晚雷雨交加,半夜我在迷迷糊糊中,看到了一道持续时间长又亮的闪电。但我当时没在意,后来就又睡着了。除了这个,我也想不到别的特别之处了。"

听了简的回答,我异常激动,立马决定回访几个当年的同行者,看看他们有没有这段记忆。

没想到,经我提醒后,其中有两人还真想起来当年的电闪雷鸣,说闪电很亮,持续时间很长,不同一般,并且带有细细密密的声音,只是半夜时分,他们都没在意,第二天醒来后都以为是梦境呢!

这个时候,我已经意识到这件事不那么简单了,并且有了一个大胆的推测。

2

为了验证我的推测,我又去了新疆寻找并拜访当年的向导和助理,向导猴哥已经六十多岁了,早就退休不外出探险,他的徒弟桔子倒还在带队。

猴哥想不起当夜的事情,但桔子非常清楚地回忆了起来。他说当晚的亮光不像闪电,因为持续了好长时间,应该有几分钟,并且伴有其他细密的声音。他还详细讲述了当夜我失温非常危险,最后陷入了昏迷,他们烧了热水装进矿泉水瓶中给我取暖，还给我喂了姜糖水，最后体温稍稍回升，但仍然沉睡昏迷，可第二天早上，我奇迹般地恢复了，并且体力很好，和大伙一起吃过早餐后，就继续出发绕天堂湖走了大半圈，最后翻越海拔3850米的阿克布拉克达坂，三天后就出山了。

桔子还透露说，和我类似的事情后来还发生过，另外有一支探险队进去，最后失踪了，一个人也没有出来，搜寻队去寻找过，但一无所获。之后这条古道就被封闭了，不允许任何人私自进入，一是因为失踪事件，二是出于对古道的保护。

于是，我有了一个大胆的想法，这是一起外界力量干扰的事件，很有可能是外星人的阴谋或者是实验。

我又查了相关的事件和新闻，并上了几个科幻论坛，上面有一个专栏是关于外星人和外星文明的，里面果然有一些线索。

于是我决定再去一趟乌孙古道，去天堂湖边找贵五。现在想来，他应该不是一个普通的牧民。

桔子带着我重走了当年的路，我们仍然是先坐火车到了伊宁，然后包车进山，最后在琼库什台村下车开始徒步。四天后，我们终于到达了天堂湖。可是在湖附近，我们没有找到贵五，更没有贵五的小木屋，也没有看到他的牛羊，更没有小花和小黑。

周围一片寂静，什么也没有！

我再一次惊呆了，这怎么可能？我明明在这里待了两年，对四周的一切相当熟悉，贵五怎么可能就这样凭空消失了呢？

经过一夜的思考，加上之前收集的资料，以及这些年来创作科幻小说对外星文明的研究和了解，我大胆地推测，这一切都是外星人干的！那个晚上他们来到了我们露营的天堂湖边，把失温昏迷中的我救治好了，但同时复制了一个我，以及我的装备、手机、相机等一切。

第二天，一个我跟着向导回去了，另一个我则留了下来。当时我是处于一个平行空间里，所以两个我没有照面。但这个平行空间只在天堂湖附近存在，走出天堂湖，就是普通的空间了。

背后的主导者应该是外星人，那天晚上长时间的亮光闪电，应该就是外星人的飞船降落、起飞发出的，他们在短时间内完成了一切，并安排了贵五这个外星人来监视我、研究我、陪伴我。

当我离开后，贵五也离开回去复命，我是他们的一个实验品。

这一切都只是我的推测，我非常想验证这一切。

于是，我再一次露营于天堂湖边，欣赏着无比熟悉的夕阳，望着远处的冰川和雪山，真不知我会等来什么，或许什么也不会发生。

3

晚上，亮光再次出现，我在帐篷中醒来并注意着外面的一切，甚至轻轻地打开了帐篷的一角观察外面。果然，我看到了外星人的飞船降落在不远处，飞船四周灯火通明。飞船落稳后，一部升降梯落下，从上面走下来一个外星人。

那是一个与人类完全不一样的人，当靠近我的帐篷时，他自然地变化成了人的外形。走近，我才看清，他就是贵五。

贵五来到我的帐篷外面，说："我知道你在找我，我也知道你醒了。对你的情况，我非常抱歉。"

我忙向贵五求证我的推断，他一一承认，说这是他们的一个实验，想看看复制人类会有什么样的后果。最后，他们通过复制我，发现本体和复制体可以完全一样，他们的实验成功了。

可我苦恼了，有家不能回，有亲人不能相认，因为世上有

科学小笔记

外星人

外星人是人类对遐想中的地球以外类人生命的统称。

古今中外一直有关于外星人的遐想，但现今人类还无法实际探查是否有外星人存在。虽然一直以来，很多人声称自己见到过外星人造访地球，甚至与自己发生接触，但是大多数学者专家认为，人类与外星人所谓不同程度的接触，其实都是心理作用，人类发现"外星人"的概率很小，即使发现外星人的存在，也很难与他们发生任何接触。

两个我，一个年轻，一个年老，相隔二十岁，如果同时出现，那还能不出现混乱？

最后，我问贵五："两个我，究竟哪个是本体？哪个是复制体？"

贵五蹲下来，轻轻地打开了帐篷，他还是原来的样子，一点儿也没有变。

他笑而不语，轻轻地摇了摇头，表示不愿意透露，或者说是天机不可泄露。

于是，我又问："那只大雕呢？难道它也是你安排的？"

贵五这次说话了："你说的是那只神兽？那可是上古之物，和你我又不属于一个时间空间了，它有灵气得很呢，我是无法和它碰面的，它不属于你和我的世界。你能走出平行空间，就是因为它，只有它有能力穿梭于不同的时空，来去自如。"

这次轮到我惊讶了："啊？天哪！这真的有点儿乱套了！

科学小笔记

平行空间

"平行空间"是一个建立在假设的基础上的理论，假设我们超越了光速，就有可能突破时间限制回到过去，而改变历史。这时时间线便出现分叉，被改变的历史空间和现实的空间形成"平行空间"。

那小花和小黑呢？"

"这两只狗倒是我的宠物，只是这次没有带在身边，要不然肯定会下来和你打招呼的。"贵五一五一十地和我说道。

最后，我问，我现在该怎么办。这个世上有两个我，这样肯定不是办法。没想到贵五反而问我如何选择。

他说我可以选择回到人类社会，也可以选择和他一起，去他们的星球和文明空间。

我几乎没有多加考虑，选择了回到人类社会。因为我留恋人世间的一切美好，特别是记忆中的亲人。我想有机会多看看他们，多和他们在一起。

贵五尊重我的决定，并说我如果改变决定，可以来天堂湖边找他，他说这里是他们的隐门，我来到这里，他们就可以看到我。

心中的疑问是解开了，可我仍然苦恼，因为我没办法回家。但我实在无处可去，又特别特别想回家。

我该怎么办？一路上我纠结不已。

4

回到武汉，我约出了另一个我，把一切告诉了他。开始，他也惊讶不已，但很快就冷静下来。毕竟，他是我，我是他，我们都是见多识广、内心强大、什么事都经历过的人。

平行空间

183

我把一切说明后，他陷入沉思，因为这种情况谁都没有遇到过，没有经验可以借鉴和参考，并且接下来该怎么办，确实也是一个难题。

相信他不愿意放弃现在拥有的一切，可我也想和家人团聚，这可怎么办？

我们肯定不能同时出现，否则会天下大乱的，起码我们家里会乱套。没有人能接受这种不可思议的现实。

怎么办？

这时，另一个我拿出了一部折叠平面手机。当下只有极少的守旧的人才会用实体手机，因为大多数人都在使用投影手机。

他翻开手机里的相片和视频，给我看孩子们近些年的照片和影像，看得我心潮澎湃，激动不已，恨不得马上回家。

他似乎看出了我的想法，说可以把这些照片和视频都传到我手机里，让我慢慢看。当下不知道是几G的网速，才几分钟，大容量的文件就传输完毕。他让我慢慢看，先熟悉一下孩子们，我们二人都再仔细想想，看有没有好办法解决这件事情，再做决定。

和他分别后，我迅速在附近找了一家酒店，直接扫描头像，就可以办理入住了，不需要身份证，也不需要银行卡支付之类的流程，只需要指纹作为密码。因为现在的一切都已经联网，我退房时直接会从关联账户扣除费用。这套流程，我上次从新疆回来时，就已经体验过了。

当然了，现在数据库中，我和他，他和我，都是同一张脸，我们使用着同一个数据，虽然相隔二十年，但面部数据几乎一样。所以，我用的是他的钱，不对，这也是我的钱。

所以，我也就不用担心没有钱用。凭着这张脸，我可以走到任何地方，乘坐任何交通工具，购买任何物品。

入住酒店后，我来不及休息，继续看孩子们的照片和视频。但看着看着，我的内心由开始的激动，慢慢变得平静，在深夜时分，我做出了一个决定。

5

我不能和家人们见面！

因为他们生活得很幸福，他们完全不知道我的存在，他们的生活中，一直有一位尽职尽责的先生、爸爸存在。我究竟算什么呢？

为了他们的幸福，我只能牺牲自己了。

我还决定，为了这个家，我必须贡献自己的力量，为他们做点什么，这样我的内心就不会那么难受了。

这也许是最好的自我安慰。

我又把另一个我约了出来。当我说出自己的想法后，他非常惊讶，不解地看着我，当确认我是认真的之后，他站起来拥抱我，热情得让我有些不适应。

因为他就是我，我就是他。

虽然内心极为痛苦，但我实在想不出更好的办法。我不入地狱谁入地狱？

另一个我说："以后我会多给你分享孩子们和夫人的生活和变化情况，让你知道他们的生活现状。"

也许，这是最好的办法了吧。

于是我们决定通力合作，我多去探险收集写作素材，然后多创作新作品，他则四处讲座推广阅读，多参加各种论坛和文学活动，提升作品的影响力，让我们的作品被更多的人读到和接触到。同时，我们还一致决定，多做公益，并且把方向定为公益阅读推广和公益儿童图书馆，以此来倡导勇于探险和探索的精神。

以后会怎么样，我们不去多想，就留给以后吧！相信时间会解决一切问题。顺其自然，也许会有最好的结局。

让我做出如此决定的还有一个原因，就是我突然悟透了一切。因为自己这些年来的经历，让我明白了应该怎么做。我根据自己的所悟所想，写了一首诗，发给了另一个我，相信他在看到这首诗后，也能明白我的初心。

这首诗叫《人世间》。

人世间

肉眼凡胎

怎能看懂沧海桑田

短暂人生

怎能领会大漠孤烟

宇宙文明

太多的未知我们无从知晓

几十年的光阴

在天地间

就是一道闪电

自然的生命

就像云和雾

风一吹就散

我们无法改变

也无法留恋

人世间

纵使你万般不舍

也不过停留百年

所有生灵

都是轻轻地来

轻轻地离开

地球自转一圈

便是一天

地球公转一圈

便是一年

一天又一天

是回到了原点

还是来到了明天

天地间

人世间

万物都是云烟

幻想照进现实

从文章中，我们可以看出，"我"进入了一个平行宇宙，即与原宇宙平行存在着的既相似又不同的其他宇宙。在这个宇宙中，可能存在与原宇宙完全相同的人和事。比如，"我"遇到了二十年后的"我"以及"我"的儿子。当然，这种理论目前还没有得到证实。那么，你希望有平行宇宙存在吗？